KB008115

PRIDE
and
PREJUDICE

by

Jane Austen,

with a Preface by
George Saintsbury
and
Illustrations by
Hugh Thomson

1894

Ruskin House. 156. Charing Cross Road.
London
George Allen.

오만과 편견 1

제인 오스틴 지음 | 김유미 옮김

더스토리

| 차례 |

제1부

1

사람들은 돈이 많은 미혼 남자는 당연히 신붓감을 찾고 있을 거라고 믿는다. 이런 믿음은 사람들의 마음속에 보편적인 진리처럼 단단히 자리를 잡고 있어서, 그런 남자가 이웃으로 이사라도 오게 되면 딸을 가진 집에서는 본인의 감정이나 의사와는 상관없이 마음대로 그 남자를 자기 딸에게 적당한 배필감으로 점찍는다.

"여보, 소식 들었어요? 드디어 네더필드 파크에 세 들 사람이 나섰대요."

베넷 부인이 호들갑스럽게 말했다.

"아니, 난 처음 듣는 얘긴데."

"조금 전에 롱 부인이 집에 왔었어요. 그런데 세 들어

올 사람이 누군지 아세요?"

베넷 부인은 남편이 아무런 대꾸도 하지 않자 잔뜩 조바심이 난 표정이었다.

"당신이 당장 얘기하고 싶다면 들어 줄 용의는 있소."

베넷 부인은 남편의 말이 떨어지기가 무섭게 수다를 늘어놓기 시작했다.

"롱 부인이 그러는데 북부 출신의 굉장한 재산가가 네더필드에 세를 들어온대요. 그 청년이 월요일에 말 네 마리가 끄는 마차를 타고 집을 보러 와서는 집이 마음에 쏙 든다면서 그 자리에서 모리스 씨와 계약을 했다지 뭐예요. 미카엘 축일 전에 이사 올 거라는데 하인들은 다음 주말쯤 미리 들어온다고 하더라고요."

"그 남자 이름이 뭐라고 합디까?"

"빙리 씨래요."

"아직 결혼 안 했다고 하던가?"

"당연히 안 했죠. 게다가 재산이 엄청나게 많다고 하잖아요. 1년 수입이 4,000파운드라든가 5,000파운드라든가. 하여튼 우리 애들한테는 하늘이 준 기회지 뭐예요."

"그게 우리 애들하고 무슨 상관이란 거요?"

"여보, 답답한 소리 좀 작작해요. 그 청년이 우리 애들 중에서 신붓감을 고를 수도 있잖아요. 몰라서 묻는 거예요?"

"그런 음흉한 속셈으로 이사 오는 거랍디까?"

"음흉하다니, 무슨 말을 그렇게 밉살스럽게 해요. 그 청년이 우리 딸 중에서 한 애한테 푹 빠져서 결혼이라도 하는 날이면 그보다 더 큰 경사가 어디 있겠어요? 하여튼 그 청년이 이사 오면 당신이 당장 찾아가 보세요."

"굳이 그럴 필요까지 있겠소? 당신이 아이들 앞세우고 가 보구려. 아니면 애들만 보내든지. 어쩌면 그게 나을지도 모르겠군. 당신 미모야 아이들한테도 뒤지지 않으니 빙리 씨가 당신한테 반하기라도 하면 난처한 일 아니요."

"마음에도 없는 아부 그만두세요. 나도 한때는 빠지지 않는 미모였지만 이젠 다 옛날 얘기예요. 말만 한 딸이 다섯이나 되는데 자기 미모 신경 쓸 여유가 어디 있어요?"

"하긴 딸이 다섯이면 자기 외모를 자랑할 처지는 아니지."

"어쨌든 빙리 씨가 이곳으로 이사를 오면 열 일 제쳐 놓고 찾아가 보세요."

"그건 약속할 수 없겠는걸."

"당신 딸들을 위한 일인데 그 정도 수고도 못한다는 거예요? 우리 애들한테 그만한 결혼 상대가 어디 흔한가요? 윌리엄 씨와 루카스 부인도 빙리 씨를 방문하기로 했다고 하잖아요. 그런 꿍꿍이가 아니면 뭣 때문에 빙리 씨를 찾아가겠어요? 그 사람들이 새로 이사 온 집에 인사하러 가는 거 봤어요? 평소 같으면 어림도 없는 일이죠. 하여튼 당신은 무조건 빙리 씨를 찾아가야 해요. 안 그러면 우리가 찾아갈 명분이 없으니 말이에요."

"당신은 지나치게 격식을 따지는 게 탈이요. 내가 굳이 그 자리에 가지 않아도 빙리 씨는 당신을 반갑게 맞아 줄 거요. 우리 딸 중에서 누구를 골라 결혼하든 나는 진심으로 동의한다고 몇 자 적어 줄 테니 챙겨 가든가. 우리 귀여운 리지* 칭찬을 덧붙여도 되겠소?"

"그건 말도 안 돼요. 솔직히 리지가 다른 애들보다 나

---

* 베넷 씨의 둘째 딸(엘리자베스)의 애칭이다.

은 게 뭐가 있어요? 제인의 반만큼이라도 예쁘길 해요, 그렇다고 리디아처럼 싹싹하길 해요. 그런데도 당신은 늘 리지 편만 들잖아요."

"다른 애들한테 내세울 만한 구석이 있어야 칭찬을 하지. 하나같이 둔하고 머리에 든 게 없는데 어쩌겠소. 그 애들에게 비하면 리지는 훨씬 민첩하고 영리한 데가 있질 않소."

"당신 딸들을 그렇게 헐뜯으면 속이 시원해요? 당신은 나를 약 올리는 재미로 사는 사람 같아요. 내가 얼마나 신경이 예민한지 알면서 불쌍하다는 생각은 눈곱만큼도 안 하죠."

"그건 당신이 오해하고 있는 거요. 내가 당신의 신경과민을 얼마나 존중하는데. 적어도 20년 동안 당신 신경과민 얘기를 경청했더니 이젠 아주 오래된 친구처럼 느껴진다니까."

"당신은 내가 겪는 고통이 얼만큼인지 상상도 못할 걸요."

"왜 모르겠소? 하지만 당신이 그 고통을 잘 견뎌 내야 1년에 4,000파운드나 벌어들이는 젊은 녀석이 이사 오는 모습을 볼 수 있을 게 아니요?"

"그런 젊은 남자들이 스무 명이나 이사 온다고 해도 당신이 안 찾아가면 말짱 헛일이잖아요."

"염려 말구려. 그런 남자들이 스무 명이나 몰려오면, 그땐 맹세코 스무 명 다 방문하리다."

베넷 씨는 머리가 좋고 재치도 두루 갖추고 있어서 상대방을 비꼬는 말도 재미있게 하는 재주가 있었다. 그는 말수가 적고 내성적인 것 같으면서도 가끔 엉뚱한 행동을 해서 도무지 종잡을 수 없는 사람이었다. 그와 스물세 해를 살아온 베넷 부인조차 도무지 그의 속내를 알 수 없다는 게 그의 단점이었다.

그에 비하면 베넷 부인은 훨씬 단순한 성격이어서 자기 마음을 쉽게 남들에게 드러내 보였다. 그녀는 이해력이나 지적인 능력이 떨어지는 편이었고, 감정의 기복이 심하고 불안정했다. 뭔가 못마땅한 일이 있으면 그녀는 늘 신경쇠약이 도졌다고 불평했다. 그녀에게 일생일대의 과업은 딸들을 결혼시키는 일이었고, 유일한 낙은 이웃을 찾아다니며 새로운 소문을 수집하는 것이었다.

2

결국 베넷 씨는 빙리 씨를 찾아간 첫 번째 방문자가 되었다. 아내에게는 끝까지 가지 않을 거라고 말했지만, 속으로는 줄곧 찾아갈 작정을 하고 있었던 것이다. 베넷 씨가 빙리 씨를 방문한 날 저녁때까지도 베넷 부인은 그 사실을 까맣게 모르고 있었다. 베넷 씨는 그날 저녁, 가족들이 빙리 씨 얘기를 하는 도중에 슬그머니 그 사실을 털어놓았다.

모자에 장식을 달고 있던 둘째 딸을 보고 베넷 씨가 불쑥 말을 걸었다.

"그 모자가 빙리 씨 마음에 들었으면 좋겠구나, 리지야."

"빙리 씨가 어떤 모자를 좋아하는지 어떻게 알아요.

찾아가보지도 못하는데."

베넷 부인이 볼멘소리로 말했다.

"잊어버린 거예요, 엄마? 무도회장에서 빙리 씨를 만나기로 했잖아요. 롱 부인이 소개해 준다고 약속했다면서요." 엘리자베스가 말했다.

"롱 부인이 소개해 줄 리가 없어. 자기도 조카딸이 둘씩이나 되는데. 얼마나 이기적이고 위선적인 여자인 줄 아니? 그 여자 말은 도통 믿을 수가 없어."

"그건 나도 동감이요. 당신이 그 부인 도움을 받지 않기로 했다니 듣던 중 반가운 말이로구려."

베넷 부인은 대꾸를 안 하려고 했지만 도저히 참을 수가 없었던지 엉뚱하게 딸을 야단치기 시작했다.

"키티야, 제발 기침 좀 그만해라. 내 신경 좀 생각해 줄 수 없겠니? 신경이 아주 갈기갈기 찢어지는 것 같다."

"키티는 기침을 아무 때나 하는 게 문제야. 꼭 안 좋은 타이밍에 기침을 한단 말이지."

베넷 씨가 말했다.

"제가 뭐 재미로 기침하는 줄 아세요?"

키티가 발끈해서 대꾸했다.

"그런데 다음 무도회는 언제야, 리지 언니?"

"보름 후야."

"맞아!"

베넷 부인이 큰 소리로 말했다.

"그런데 롱 부인은 그 전날에야 돌아올 텐데 어떻게 너를 빙리 씨에게 소개해 준단 말이냐? 롱 부인도 빙리 씨를 모르는데 말이야."

"그럼 당신에겐 더 유리하겠구려. 당신이 직접 리지를 빙리 씨에게 소개하는 게 어떻겠소?"

"그게 가능하다고 생각해요? 나도 빙리 씨를 잘 모르는데 어떻게 소개한단 말이에요? 하여튼 당신은 내 속을 긁어 놓는 데는 대단한 재주가 있는 사람이야."

"당신의 신중한 태도는 정말 존경할 만하구려. 보름만에 친해진다는 건 힘든 일이지. 그동안 사람을 알아야 얼마나 알 수 있겠소? 그렇지만 우리가 나서지 않으면 누군가 다른 사람이 나설 거 아니요? 그러면 결국 롱 부인과 그 부인의 조카들에게 기회가 돌아갈 거고. 당신이 나서지 않으면 롱 부인은 꽤나 고맙게 여길걸. 그러니 당신이 사양한다면 내가 그 일을 떠맡을 수밖에 없겠구려."

딸들은 놀라서 휘둥그래진 눈으로 아버지를 쳐다보았고, 베넷 부인은 큰 소리로 외쳤다.

"그건 말도 안 돼요, 말도 안 돼!"

"당신의 그 단호한 감탄사는 뭘 의미하는 거요? 소개하는 형식이 말이 안 된다는 거요, 아니면 그 일이 너무 힘들어서 안 된다는 거요? 그런 거라면 난 당신 생각에 동의할 수 없구려. 메리, 네 생각은 어떤지 말해 보렴. 넌 생각이 깊고 좋은 책도 많이 읽었지 않니? 게다가 좋은 구절은 따로 적어 두기까지 하니 이럴 때 무슨 말을 해야 할지 알 거 아니냐?"

메리는 이 상황에 가장 적절한 말을 해서 자신의 재치를 뽐내고 싶었지만 적당한 말이 머리에 떠오르지 않았다.

"메리가 생각을 정리하는 동안 다시 빙리 씨 얘기로 돌아가야겠군."

"이제 빙리 씨 얘기라면 신물이 나요."

베넷 부인이 소리쳤다.

"그래? 그렇다면 정말 유감이로군. 왜 진작 그런 말을 하지 않았소? 당신 생각을 오늘 아침에만 알았어도 절대 빙리 씨를 찾아가지 않았을 텐데 말이야. 일이 난처하게 되어 버렸군. 하지만 이미 방문을 했으니 모른 척할 수도 없게 되어 버렸고."

여자들은 그의 기대를 저버리지 않고 깜짝 놀랐다. 그중에서도 가장 놀란 사람은 바로 베넷 부인이었다. 그녀는 요란스럽게 한바탕 기쁨을 표현하고 나서 흥분이 가라앉자 이렇게 될 줄 미리 알고 있었다며 너스레를 떨었다.

"당신은 정말 속이 깊은 분이세요. 당신이 결국에는 내 말을 들어 줄 거라고 생각했어요. 당신처럼 딸들을 사랑하는 분이 이런 기회를 놓칠 리가 없잖아요? 정말 기뻐요! 오늘 아침에 빙리 씨를 방문하고도 어쩌면 지금까지 한마디도 안 할 수가 있죠?"

"키티야, 이제 마음 놓고 기침해도 될 것 같구나."

베넷 씨는 좋아서 어쩔 줄 모르며 호들갑을 떠는 부인에게 질렸다는 표정으로 방에서 나갔다.

"너희들은 정말 훌륭한 아버지를 두었어."

문이 닫히고 나자 베넷 부인이 말했다.

"너희들이 아버지의 은혜에 어떻게 보답할 수 있겠니? 나도 마찬가지고. 우리 나이가 되면 새로 사람을 사귄다는 게 그리 즐거운 일만은 아니란다. 하지만 너희들을 위해서라면 무슨 일이든 못하겠니? 리디아, 넌 가장 나이가 어리지만 이번 무도회에서 빙리 씨가 분명히 네게 춤을 청할 거다."

"엄마도 참, 걱정하지 마세요. 나이는 어리지만 키는 제가 가장 크잖아요."

리디아가 당차게 말했다.

그날 밤은 빙리 씨가 베넷 씨의 방문에 대한 답례로 언제 찾아올 건지, 식사 초대를 언제 하는 게 좋을지 의논하는 일로 지나갔다.

3

베넷 부인은 다섯 딸들의 지원을 받아 가며 남편에게 빙리 씨에 대해 캐물었지만 만족할 만한 대답을 얻어 낼 수 없었다. 뻔뻔하게 노골적인 질문을 하기도 하고, 교묘하게 유도신문을 하기도 하고, 빙 둘러서 속을 떠보기도 했지만 베넷 씨는 이런 모든 술수를 요리조리 잘도 빠져나갔다. 여자들은 어쩔 수 없이 루카스 부인의 간접적인 정보에 의지해야 했다. 그녀에게서 들은 얘기는 매우 호의적이었다. 루카스 경이 빙리 씨를 매우 마음에 들어 한다는 것이었다. 빙리 씨는 아주 젊고 잘생긴 데다 성격도 쾌활한 청년이라고 했다. 무엇보다 다음 모임에 많은 친구들을 데리고 오겠다고 했다는 것이다. 이보다 더 기쁜 소식이 있을까! 춤을 좋아하는 것은 사랑에 빠지기 위한 필수 조건이었다. 여자들의 마음은 빙리 씨의 마음을 사로잡을 기대로 한껏 부풀어 올랐다.

"우리 딸 중 하나가 결혼을 잘해서 네더필드에 정착하면 다른 아이들도 언니처럼 시집을 잘 가게 될 거고, 그렇게만 되면 나로서는 더 바랄 게 없는 일이에요."

베넷 부인이 남편에게 말했다.

며칠 후 빙리 씨가 베넷 씨의 방문에 대한 답례로 찾아왔다. 그는 10분 동안 서재에서 베넷 씨와 대화를 나누고 돌아갔다. 그는 미인으로 소문난 딸들을 볼 수 있을 거라는 기대를 품고 있었지만 그럴 기회는 주어지지 않았고 부친만 만날 수 있었다. 그러나 여자들은 운이 좋게도 위층 창문으로 파란 양복을 입고 검은 말을 탄 그의 모습을 볼 수 있었다.

곧 만찬 초대장이 발송되었고, 베넷 부인은 자신의 살림 솜씨를 뽐낼 식단까지 짜 놓았다. 그러나 다음 날 아침 빙리 씨의 답장이 도착했다. 런던에 가야 하기 때문에 식사 초대에 응할 수 없다는 것이었다. 모든 계획은 연기될 수밖에 없었다. 베넷 부인의 실망은 이만저만 큰 게 아니었다. 그녀는 빙리 씨가 하트퍼드셔에 도착하자마자 런던에 볼일이 있다는 게 이해가 되지 않았다. 게다가 빙리 씨가 네더필드에 붙어 있지 않고 늘 이곳저곳 옮겨 다니는 건 아닌지 불안하기도 했다. 루카스 부인은 빙리 씨가 성대한 무도회를 준비하기 위해서 런던에 갔을 거라고 말해서 베넷 부인의 걱정을 다소나마 덜어 주었다.

그리고 얼마 후 빙리 씨가 숙녀 열두 명과 신사 일곱 명을 파티에 데려올 거라는 말이 들려왔다. 딸들은 여자들이 너무 많다고 못마땅해했지만, 무도회 전날 빙리 씨가 열두 명의 여자가 아니라 다섯 명의 누이들과 사촌 한 명을 데리고 올 거라는 말을 듣자 겨우 마음을 놓았다. 그러나 막상 파티에 도착한 사람은 빙리 씨와 그의 누이 두 명과 큰누나의 남편, 그리고 다른 청년 한 명, 이렇게 다섯 사람뿐이었다.

빙리는 준수하고 신사다운 외모에, 유쾌하고 편안하고 자연스러운 몸가짐을 갖춘 청년이었다. 그의 누이들도 상류 사회의 품위가 넘치는 미인들이었고, 빙리의 매형인 허스트 씨 역시 신사다운 풍모를 지니고 있었다. 빙리의 친구인 다아시는 큰 키와 멋진 체격, 수려한 용모와 품위 있는 몸가짐으로 단숨에 사람들의 관심을 끌어모았다. 게다가 그가 파티에 들어선 지 5분도 되지 않아서 그의 연 수입이 1만 파운드나 된다는 말이 온 방안에 퍼져 나갔다. 남자들은 그의 인물이 출중하다고 칭찬했고, 여자들은 빙리 씨보다 훨씬 더 미남이라고 치켜세웠다. 그를 바라보는 찬탄의 시선은 그날 밤 파티 중반까지 계속되었다. 그러나 사람들과 어울리는 걸 싫어하는 듯한 그의 거만한 태도는 곧 사람들에게 거부감을 일으켰고 그의 인기도 더불어 시들어 버렸다. 더비셔에 엄청나게 큰 영지를 소유하고 있다는 사실도 그의 오만한 표정과 불쾌한 태도를 상쇄할 수는 없었다. 그는 친구인 빙리와는 비교할 상대조차 되지 못하는 인물로 전락해 버렸다.

빙리는 무도회에 참석한 중요한 사람들과 금방 친근한 사이가 되었다. 그는 쾌활한 성격으로 적극적으로 사람들을 대했고, 파티가 진행되는 동안 단 한 번도 빼놓지 않고 춤을 췄다. 무도회가 끝날 즈음에는 파티가 너무 빨리 끝나는 것에 대해 아쉬움을 감추지 못하며 다음에는 네더필드에서 무도회를 열겠다고 선언하기까지 했다. 그의 붙임성 있는 성격은 사람들의 시선을 끌기에 충분했다. 그의 친구인 다아시와는 너무도 대조적인 성품이었다. 다아시는 허스트 부인과 한 번, 빙리 양과 한 번 춤을 추었을 뿐, 다른 여자를 소개받는 것조차 거절했다. 그는 저녁 내내 방 안을 돌아다니며 자기 일행에게만 말을 걸었다. 사람들은 그를 더없이 거만하고 불쾌한 인물로 단정 짓고 다시는 그곳에 오지 않기를 바랐다. 그중에서도 다아시를 가장 마음에 들어 하지 않은 사람은 바로 베넷 부인이었다. 그녀는 다아시의 행동이 전반적으로 마음에 들지 않았지만, 특히 자기 딸을 무시했다는 것 때문에 분개했다.

파티에 참석한 남자들의 숫자가 부족한 탓에 엘리자베스 베넷은 겨우 두 번밖에 춤을 출 수 없었다. 그녀는 다아시와 빙리 근처에 있다가 우연히 두 남자의 대화를 엿듣게 되었다. 빙리는 춤을 추고 있는 사람들에게서 빠져나와 친구에게 같이 춤을 추자고 권하려던 참이었다.

"이봐, 다아시. 자네도 춤을 춰야지. 이렇게 멍청하게 혼자 떨어져 있는 건 모양새가 좋지 않아. 이런 자리에선 춤을 추는 게 예의라는 걸 모르지 않을 텐데."

"나는 춤추고 싶은 생각이 전혀 없네. 잘 알지도 못하는 여자와 춤추는 걸 내가 얼마나 질색하는지 자네도 잘 알지 않나. 이런 데서 춤추는 건 도저히 못할 노릇이야. 자네 누이들은 벌써 파트너가 있고, 다른 여자와 춤추는 건 내겐 고역이야."

"자네처럼 까다로운 친구는 없을 거야! 내 명예를 걸고 말하는데 오늘 저녁처럼 멋진 여자들을 많이 만난 건 처음일세. 자네가 보다시피 보기 드문 미인들도 있지 않나."

"자네는 여기서 유일하게 아름다운 여자와 춤추고 있어."

다아시는 베넷 씨의 맏딸을 바라보며 말했다.

"자네 말이 맞아! 내가 지금까지 만나 본 여자들 중에서 가장 아름다운 여자야. 하지만 자네 뒤에 앉아 있는 그녀의 동생도 꽤 예쁜 편이지 않은가? 게다가 성격도 아주 쾌활해 보이던데. 내 파트너에게 부탁해서 자네에게 소개해 주지."

"누구를 말하는 건가?"

그는 잠시 엘리자베스를 쳐다보더니 그녀와 눈길이 마주치자 얼른 시선을 돌리고는 차갑게 말했다.

"못 봐 줄 정도는 아니군. 하지만 반할 정도도 아니야. 난 지금 다른 남자들이 거들떠보지 않는 여자를 상대해 줄 기분이 아니라네. 나한테 시간 낭비하지 말고 자네 파트너에게 돌아가서 그녀의 미소나 즐기지 그래."

빙리는 그의 충고에 따라 베넷 양에게 돌아갔고, 다아시는 다른 쪽으로 걸어가 버렸다. 그 자리에 혼자 남은 엘리자베스는 속으로 씁쓸한 기분을 삭여야 했다. 하지만 그녀는 우울해하는 대신 친구들에게 그 이야기를 신나게 떠들어 댔다. 재미있는 일이 있으면 남들에게 말하지 않고는 못 견디는 게 그녀의 장난기 많고 명랑한 성격이었다.

그날 밤은 베넷 씨 가족 모두에게 즐거운 시간이었다. 베넷 부인은 네더필드 일행이 맏딸을 매우 마음에 들어 하는 모습을 보고 흡족해했다. 빙리는 제인과 두 번이나 춤을 추었고, 그의 누이들도 그녀를 남다르게 대하는 것 같았다. 제인 역시 드러내 놓고 표현하지는 않았지만 엄마 못지않게 만족스러워하는 기색이었다. 엘리자베스는 언니가 몹시 기뻐하고 있다는 걸 알아차릴 수 있었다. 메리는 빙리 양에게 자신이 이 근방에서 가장 똑똑한 아가씨라고 소개하는 말을 들었고, 캐서린과 리디아는 한 번도 파트너가 없어서 춤을 추지 못한 적이 없었다. 그들이 가장 바라던 일이 이루어진 셈이었다. 베넷 일가는 즐거운 기분으로 그들의 본거지인 롱본으로 돌아왔다.

베넷 씨는 아직 잠자리에 들지 않고 있었다. 워낙 책을 들면 시간 가는 줄 모르는 사람이기도 했지만, 가족들의 굉장한 기대감을 불러일으켰던 오늘 밤 무도회가 어땠는지 궁금하기도 했다. 그는 새로 이사 온 청년에 대한 아내의 기대가 실망으로 바뀌기를 내심 바라고 있었다. 그러나 그가 아내에게 들은 이야기는 정반대였다.

"여보, 이렇게 즐거웠던 밤은 정말 처음이었어요. 얼마나 훌륭한 무도회였는지 몰라요. 당신도 갔더라면 좋았을 텐데. 제인은 인기가 최고였어요. 모두들 예쁘다고 난리들이었죠. 빙리 씨도 아름답다고 칭찬을 아끼지 않으면서 두 번이나 제인과 춤을 추었다니까요. 생각 좀 해 보세요, 여보. 제인과 두 번이나 춤을 춘 거예요. 거기서 빙리 씨가 두 번이나 춤을 청한 여자는 제인밖에 없었어요. 빙리 씨는 처음에는 루카스 양에게 춤을 청했죠. 빙리 씨가 그 여자와 일어서는 걸 보고 내 속이 얼마나 뒤집어졌는지 몰라요. 하지만 루카스 양에게 반한 것 같지는 않더라고요. 하기는 그 여자에게 반할 남자가 어디 있겠어요? 그러다가 제인이 춤추는 걸 보고는 홀딱 반한 모양이에요. 제인이 누구냐고 물으며 소개해 달라고 하더니 다음에 춤을 청하지 뭐예요. 세 번째는 킹 양과 추었고, 네 번째는 마리아 루카스, 다섯 번째는 다시 제인, 여섯 번째는 리지, 그리고 블랑제 춤은……."

"빙리 씨가 나를 조금만 배려했더라면 그렇게 춤을 많이 추지는 않았을 텐데! 제발, 그 파트너 얘기는 그만둘 수 없겠소? 빙리 씨가 첫 번째 춤을 출 때 발목을 삐었더라면 좋았을걸."

베넷 씨는 참지 못하고 소리쳤다.

하지만 베넷 부인은 남편의 불평은 아랑곳하지 않고 계속 떠들어 댔다.

"여보, 난 그 청년이 정말 마음에 들어요. 어쩜 그렇게 잘생겼을까! 그의 누이들도 정말 멋진 아가씨들이었어요. 그 아가씨들이 입은 드레스처럼 우아한 옷은 내 평생 처음 봤어요. 허스트 부인 드레스에 달린 레이스는…….”

이 대목에서 베넷 부인은 다시 옷 이야기는 그만두라는 남편의 항의를 받았다. 그녀는 어쩔 수 없이 다른 주제로 이야기를 돌렸다. 그녀는 다아시의 무례하기 짝이 없는 행동에 대해 몹시 언짢은 심정을 담아 과장해서 떠들어 댔다.

“하지만 리지가 그 남자의 마음에 안 든 게 천만다행이지 뭐예요. 그렇게 기분 나쁘고 몰상식한 남자가 리지를 마음에 들어 하면 그게 오히려 골치 아픈 일이죠. 얼마나 콧대가 높고 잘난 척하는지 눈 뜨고 볼 수가 없을 정도였다니까요. 자기가 무슨 대단한 존재라도 되는 것처럼 으스대는 꼬락서니라니! 같이 춤추고 싶을 만큼 잘생기지도 못한 주제에. 당신이 가서 그 남자의 코를 납작하게 만들었어야 하는 건데. 정말 마음에 안 드는 남자예요.”

4

제인은 엘리자베스와 둘만 남게 되자, 그동안 조심스럽게 빙리를 칭찬하던 태도를 바꿔 정말 훌륭한 남자라고 솔직하게 털어놓았다.

"빙리 씨는 젊은 남자에게 필요한 모든 것을 갖춘 남자야. 분별 있고 성격도 시원시원하고 활달하지 않니? 난 그렇게 매너가 좋은 남자는 처음 봤어. 어쩜 그렇게 자연스럽고 편안하게 행동할까? 정말 가정 교육을 잘 받은 것 같아."

"게다가 잘생기기까지 하고."

엘리자베스가 맞장구를 쳤다.

"젊은 남자라면 모두 부러워할 만한 외모잖아. 그러

니까 결론적으로 완벽한 남자란 거네?"

"빙리 씨가 내게 두 번째 춤을 청했을 때는 정말 기분이 좋았어. 그럴 거라고는 전혀 기대하지 못했거든."

"정말 그랬어? 난 당연히 그럴 거라고 예상하고 있었는데. 언니와 내가 다른 점이 바로 그거야. 언니는 남자들의 관심을 받으면 항상 의외인 것처럼 놀라지만, 난 전혀 놀라지 않거든. 그 남자가 언니에게 두 번째 춤을 신청한 건 너무도 당연한 일이야. 거기에서 언니가 다른 여자들보다 다섯 배는 더 예쁘다는 걸 그 남자가 모를 리 없잖아. 언니가 그걸 고마워할 필요는 전혀 없어. 어쨌든 빙리 씨는 꽤 호감이 가는 사람인 건 분명해. 언니가 그 남자를 좋아해도 된다고 허락하지. 언니는 그 남자보다 훨씬 더 못한 남자들도 좋아했으니까 말이야."

"얘 말하는 것 좀 봐!"

"언니는 사람을 너무 쉽게 좋아하는 경향이 있어. 언니는 상대가 누구든 결점을 보려고 하지 않잖아. 언니 눈에는 세상 사람들이 모두 착하고 호의적인 것처럼 보이지? 난 언니가 누구 흉보는 거 한 번도 못 들어 봤어."

"난 함부로 남을 비난하고 싶지 않아. 그래도 항상 내 생각을 솔직하게 얘기하잖아."

"나도 알아. 내가 언니에게 놀라는 것도 바로 그 점이야. 언니는 올바른 판단력이 있으면서도 어쩜 그렇게 다른 사람들의 멍청하고 어리석은 행동을 보지 못할 수가 있는 거지? 남의 흠을 잡지 않는 것처럼 가장하는 사람들은 어디나 널려 있어. 하지만 언니처럼 가식 없이 순수하게 사람들의 좋은 점만 보고 나쁜 점은 절대로 말하지 않는 사람은 없을 거야. 언니는 빙리 씨 누이들도 마음에 들어 하잖아. 안 그래? 내가 보기에는 누이들의 매너는 오빠보다 못한 것 같던데."

"처음 볼 때는 그랬어. 그런데 대화를 나눠 보니까 아주 좋은 여자들이더라. 빙리 양은 오빠와 함께 살면서 집안일을 돌봐 주기로 했대. 내가 잘못 본 게 아니라면 빙리 양은 아주 좋은 이웃이 될 거야."

엘리자베스는 말없이 언니의 말을 듣고 있었지만 그 말을 그대로 수긍하는 건 아니었다. 무도회에서 본 그들의 태도는 그다지 기분 좋은 것이 아니었다. 엘리자베스는 언니보다 사람을 관찰하는 눈이 예리했고, 쉽사리 남의 말에 동요되거나 누군가의 호의 때문에 판단력이 흐려지는 일도 없었다. 그녀는 빙리의 누이들을 호의적으로 받아들이고 싶지 않았다.

그들은 사실 매우 훌륭한 숙녀들이라고 할 수도 있었다. 자기 기분이 좋을 때면 꽤나 싹싹하게 행동했고, 원할 때는 남들에게 사근사근하게 대했다. 그러나 기본적으로 교만과 자만에 빠져 있었다. 그들은 상당히 뛰어난 외모를 지닌 데다 런던에 있는 일류 학교에서 교육을 받았고, 2만 파운드나 되는 큰 재산을 소유하고 있어서 분수 이상 돈을 써 댔고 상류층의 사람들만 상대했다. 그들은 모든 면에서 자신을 대단한 존재라고 여기고 다른 사람들을 하찮게 여길 만한 조건을 갖췄다고 믿고 있었다. 영국 북부의 명문가 출신이라는 사실이 그들의 재산이 장사로 모두 벌어들인 거라는 사실보다 머릿속에 더 깊이 각인되어 있었다.

빙리는 선친에게서 거의 10만 파운드나 되는 재산을 물려받았다. 그의 아버지는 땅을 사고 싶어 했지만 뜻을 이루지 못하고 돌아가셨다. 빙리도 아버지의 뜻을 이어 땅을 사려는 생각이 없는 것은 아니어서 가끔 땅을 물색하기도 했지만, 그의 무사안일한 성격을 잘 알고 있는 사람들은 빙리가 훌륭한 저택과 수렵권을 얻은 것으로 만족하고 여생을 네더필드에서 지내면서 토지 매입 건은 다음 세대에 맡길 거라고 생각했다.

그의 누이들은 속으로 빙리가 자기 소유의 저택을 갖기를 몹시 바라고 있었다. 하지만 빙리가 저택을 임대하자 빙리 양은 망설임 없이 그의 식탁을 책임지는 역할을 맡기로 했다. 허스트 부인 역시 재산보다 집안을 보고 남편을 선택했기 때문에 자신의 형편을 생각해서 빙리의 집에 그냥 눌러살기로 마음먹었다.

빙리는 성년이 된 지 2년이 채 못 되었을 때 우연히 네더필드의 저택을 구경해 보라는 권유를 받았다. 그는 직접 그 집에 가서 겨우 30분 동안 돌아보고는 집의 위치와 방이 마음에 들자 그 자리에서 계약을 해 버렸다.

그와 다아시는 성격이 정반대임에도 불구하고 꽤 오랜 기간 우정을 이어 온 사이였다. 다아시는 빙리의 느긋하고 솔직하면서도 유연한 성품을 좋아했다. 이런 성격은 다아시 자신의 성격과는 완전히 상반되는 것이었다. 그렇다고 다아시가 자신의 성격에 불만을 갖고 있는 것은 아니었다. 빙리는 다아시의 우정을 굳게 신뢰

하고 있었고, 그의 판단력을 높이 평가했다. 지적인 능력은 다아시가 더 뛰어난 편이었다. 빙리도 이해력이 부족한 건 아니었지만 다아시의 머리가 뛰어나게 좋다는 걸 인정하지 않을 수 없었다. 그는 자존심이 무척 강하고 내성적이며, 까다로웠다. 그의 태도는 품격은 있었지만 사람들에게 좋은 인상을 주지는 못했다. 그런 점에서는 빙리가 훨씬 유리했다. 빙리는 어디에 가든 사람들의 호감을 샀지만 다아시는 늘 사람들에게 반감을 사는 편이었다.

두 사람이 메리턴의 모임에 대해 나누는 대화만 들어봐도 두 사람의 성격이 얼마나 다른지 금방 알 수 있었다. 빙리는 그렇게 유쾌한 사람들과 아름다운 여자들은 처음 만났다고 말했다. 모든 사람이 그에게 더할 수 없이 친절하고 정중하게 대해 주었고, 형식적이고 딱딱한 분위기는 전혀 찾아볼 수 없었으며, 이내 모든 사람들에게 친근감을 느꼈다고 했다. 그리고 베넷 양에 대해서는 그녀보다 더 아름다운 천사는 상상할 수 없을 것 같다고 말했다. 그러나 다아시는 그들이 아름다움이나 품위라고는 전혀 찾아볼 수 없는 사람들이었고, 티끌만큼도 흥미를 느낄 수 없었으며, 그들 역시 자신에게 전혀 관심과 호감을 보이지 않았고, 베넷 양이 예쁘다는 건 인정하지만 웃음이 너무 헤프다고 말했다.

허스트 부인과 그녀의 여동생은 베넷 양이 너무 많이 웃는 건 사실이지만 그녀가 마음에 든다고 칭찬하면서 더 깊이 사귀고 싶다고 말했다. 베넷 양은 이렇게 해서 사랑스러운 아가씨로 귀결되었고, 빙리는 누이들의 찬사를 자신이 그녀를 선택해도 좋다고 인정하는 말로 받아들였다.

5

롱본에서 얼마 떨어지지 않은 곳에 베넷 씨 가족이 특별히 친하게 지내는 가족이 살고 있었다. 윌리엄 루카스 경은 이전에 메리턴에서 장사를 해서 상당한 재산을 모았고, 시장으로 재직하는 동안 국왕에게 청원해서 기사 작위까지 받았다. 기사라는 직위가 그에게는 대단한 명예로 여겨졌던지 그는 장사 일과 좁은 시장통에 있는 자신의 집에 염증을 느꼈다. 그는 이 모든 것을 버리고 가족과 함께 메리턴에서 1마일 정도 떨어진 곳에 있는 집으로 이사했다. 그는 그 집을 루카스 저택이라고 명명하고, 그곳에서 장사에 얽매이지 않고 자신의 높은 지위를 누리며 오로지 세상 사람들에게 친절과 예의를 베푸는 일에만 몰두했다. 그는 자신의 신분이 높아진 것을 자랑스럽게 여겼지만, 그것으로 인해 거만해지지 않았고 오히려 모든 사람들에게 더욱 정중하게 대했다. 원래 악의가 없고, 친절하며, 자상한 성품을 타고난 그는 세인트 제임스궁에서 국왕을 알현하고부터는 예의의 화신처럼 되었다.

루카스 부인은 성품이 착하고 지나치게 똑똑하지 않다는 점에서 베넷 부인에게는 안성맞춤인 이웃이었다. 루카스 부인은 여러 명의 자녀를 두었는데, 스물일곱 살인 첫딸은 현명하고 총명한 아가씨로 엘리자베스의 절친한 친구였다. 루카스 자매들이 베넷 자매들에게 파티에 관한 얘기를 나누는 것은 절대 빼놓을 수 없는 중요한 일이었다. 무도회가 열린 다음 날 아침 루카스 자매들이 롱본으로 찾아왔다.

"어젯밤 시작이 정말 좋았어, 샬럿. 빙리 씨가 네게 첫 번째로 춤을 청했잖니?"

베넷 부인이 속마음을 감추고 조심스럽게 운을 뗐다.

"네, 하지만 그분은 두 번째 파트너를 더 좋아하는 것 같던데요."

"제인을 말하는 거니? 빙리 씨가 두 번이나 춤춘 상대가 제인이니 말이다. 제인에게 호감이 있는 건 틀림없는 것 같더구나. 사실 나도 그렇다고 생각하긴 한다만. 내가 들은 얘기도 있고 해서 말이다. 하지만 로빈슨 씨가 한 말은 무슨 얘긴지 잘 모르겠구나."

"제가 빙리 씨와 로빈슨 씨가 하는 얘길 엿들은 걸 말씀하시는 거죠? 제가 말씀 안 드렸던가요? 로빈슨 씨가 빙리 씨에게 메리턴 파티가 어떠냐, 아름다운 여자들이 정말 많지 않느냐, 누가 가장 예쁜 것 같으냐고 물으니까 마지막 질문에 주저 없이, '말할 것도 없이 베넷 씨 큰따님이지. 그 점에 대해서는 누구라도 이의를 제기할 수 없을걸.' 이렇게 대답했다고 말씀드렸잖아요."

"그래, 맞아! 그럼 더 이상 의심할 여지가 없을 것 같구나. 하지만 그렇다고 꼭 일이 잘되란 법은 없지 않겠니?"

"그 얘기보다 내가 들은 얘기가 더 중요한 것 같지 않아, 엘리자? 물론 다아시 씨가 한 말은 빙리 씨의 말처럼 믿을 만한 게 못 되긴 하지만. 불쌍한 엘리자, 그냥 봐 줄 만하다니. 어떻게 그런 말을 할 수가 있니?"

샬럿이 엘리자베스를 보며 딱하다는 표정으로 말했다.

"그 얘긴 그만두는 게 좋겠다. 그 일을 생각하면 리지도 속이 뒤집어질 테니까. 정말 기분 나쁜 사람이더구나. 그런 남자의 마음에 들면 그게 더 고약한 일이지 뭐겠니. 롱 부인이 그러는데 어젯밤 30분 동안이나 그 남자 옆에 앉아 있었는데 글쎄 입도 뻥끗하지 않았다지 뭐냐?"

"잘 알고 하시는 말씀이세요? 뭔가 잘못 아신 거 아니에요, 어머니? 다아시 씨가 롱 부인에게 얘기하는 걸 제가 분명히 봤는데요."

제인이 말했다.

"아, 그거 말이냐? 롱 부인이 하도 답답해서 네더필드가 마음에 드냐고 물어봤다고 하더라. 그러니까 마지못해 대답하더란다. 롱 부인이 말을 거니까 볼멘소리를 하더래."

"빙리 양한테 들은 얘긴데, 그분은 친한 사이가 아니면 별로 말을 하지 않는 성격이래요. 그래도 친한 사람들에게는 아주 친절하다고 하던걸요."

"난 그런 얘긴 못 믿겠다, 얘. 그렇게 친절한 사람이라면 왜 롱 부인에게 한마디도 말을 붙이지 않았겠니? 하긴 짐작 가는 일이 있긴 하다. 다들 그 사람을 거만하기 짝이 없는 사람이라고 하더구나. 롱 부인이 마차가 없어서 무도회에 마차를 세내서 타고 왔다는 얘길 그 사람이 들은 게 분명해."

"롱 부인에게 말을 걸지 않은 건 상관없지만, 엘리자와 춤을 추지 않은 건 정말 화가 나요."

샬럿이 말했다.

"엘리자, 내가 너라면 다시 기회가 온다고 해도 절대 그런 사람하고는 춤추지 않을 거다."

"걱정 마세요, 어머니. 절대 그 사람하고는 춤을 추지 않겠다고 약속할게요."

"그분이 거만하게 행동하는 건 다른 사람들이 잘난 척하는 것과는 달라요. 전 그다지 거부감이 들지는 않았어요. 충분히 그럴 만한 사람이니까요. 집안이며 재산이며 모든 걸 다 갖춘 남자가 게다가 잘생기기까지 했으니 자부심을 가질 만하죠. 이렇게 표현해도 될지 모르지만 그 사람은 오만할 권리가 있어요."

샬럿이 말했다.

"그건 맞는 말이야. 그 사람이 내 자존심을 구겨 놓지만 않았다면 나라도 그 사람의 오만함을 용서할 수 있었을 거야."

엘리자베스가 말을 받았다

"내 생각에 오만은……."

이번에는 자신의 깊은 사고력에 대한 오만으로 가득 찬 메리가 나섰다.

"인간에게 매우 흔한 약점이야. 내가 지금까지 읽은 책에 따르면 오만은 모든 인간에게 공통적인 성향이야. 인간은 본성적으로 오만에 빠지기 쉽게 되어 있어. 그리고 실제건 상상이건 자신의 특성에 대해 나름대로 자만심을 갖고 있지 않은 사람은 거의 없다고 봐야 해. 허영과 오만은 흔히 같은 의미로 쓰이지만 사실은 전혀 다른 거야. 허영이 없는 사람도 오만할 수 있어. 오만은 자기 자신을 바라보는 관점에서 비롯된 것이고, 허영은 다른 사람들이 자신을 어떻게 봐 주기를 원하는가 하는 문제에서 비롯된 거야."

누나들을 따라온 루카스 씨의 아들이 말했다.

"내가 다아시 씨처럼 부자라면 남들이 오만하다고 해도 상관하지 않을 거야. 난 사냥개를 몇 마리나 기르고 매일 한 병씩 포도주를 마실 테야."

"그렇게 술을 많이 마시면 절대 안 돼. 내 눈에 띄면 당장 병을 뺏어 버릴 거야."

베넷 부인이 소년을 협박했다.

소년은 포도주 병을 뺏으면 안 된다고 항의하고, 베넷 부인은 계속 뺏을 거라고 으름장을 놓고, 그런 그들의 논쟁은 헤어질 때에야 끝이 났다.

6

롱본의 여인들은 곧 네더필드를 방문했다. 그리고 그 방문에 대한 정식 답례도 신속하게 이루어졌다. 베넷 양의 싹싹하고 예의 바른 태도는 허스트 부인과 빙리 양의 마음을 사로잡았다. 베넷 양의 어머니는 전혀 호감이 가지 않았고, 동생들은 말을 붙여 볼 가치도 없다고 생각했지만, 큰딸과 둘째 딸에게는 앞으로 더 친하게 지내고 싶다는 의사를 표시했다. 제인은 그들의 호의를 더없이 기쁘게 받아들였다. 하지만 엘리자베스는 사람들을 대하는 그들의 태도가 거만하다는 느낌을 받은 데다, 제인에게도 역시 그런 태도로 대하는 걸 보고 그들을 선뜻 좋아할 수 없었다. 그들이 제인에게 그나마 호의적으로 대하는 건 빙리가 제인을 칭찬한 데서 영향을 받았을 가능성이 높았다. 두 사람이 만날 때마다 빙리가 제인을 사모한다는 사실은 누가 봐도 명백했고, 제인도 처음 그를 만났을 때 느꼈던 호감이 점점 좋아하는 감정으로 발전해서 어느 정도 사랑에 빠져 있는 게 분명했다. 하지만 엘리자베스는 그런 사실이 사람들에게 알려지지 않은 걸 다행스럽게 여겼다. 제인은 감정이 풍부하면서도 자제할 줄 알았고, 늘 쾌활한 성격이어서 남의 일에 끼어들기 좋아하는 사람들의 억측을 피해 갈 수 있었다. 엘리자베스는 이런 얘기를 루카스 양에게 털어놓았다. 루카스 양은 그런 얘기를 듣고 자신의 견해를 친구에게 말했다.

“이럴 때 사람들의 눈을 속이는 게 재미있을지도 모르지. 하지만 너무 자신의 감정을 감추는 건 자신에게 불리할 수도 있어. 그런 식으로 자기가 좋아하는 상대방에게까지 좋아하는 감정을 감추다 보면 그 남자를 붙잡을 기회를 놓칠 수도 있지 않니? 그럼 그 남자뿐만 아니라 세상 사람들 모두가 까맣게 모른다는 게 무슨 위안이 되겠어. 모든 애정에는 감사하는 마음이나 허영심이 상당 부분을 차지하고 있어. 그러니까 애정이 저절로 자랄 거라고 생각해서 그냥 내버려 두는 건 위험천만한 일이지. 누구든 자유롭게 사랑을 시작할 수는 있어. 처음에 약간의 호감을 갖는 건 충분히 자연스러운 일이지. 하지만 상대방이 자신을 좋아한다는 확신이 없는데도 사랑에 빠질 수 있을 만큼 용기 있는 사람은 드물어. 대부분의 경우 여자는 자신이 느끼는 것보다 더 많은 애정을 표현하는 게 좋아. 빙리 씨가 네 언니를 좋아하는 건 분명하지만, 네 언니 편에서 적극적인 반응을 보이지 않으면 언니를 좋아하는 감정 이상으로 발전하지 못할 수도 있어."

"언니도 자기 딴에는 반응을 보이는 거야. 언니가 그 사람을 좋아하는 게 내 눈에도 빤히 보이는데 그걸 알아차리지 못한다면 그 남자가 숙맥인 거지."

"하지만 그 사람은 너만큼 네 언니 성격을 잘 모르잖아."

"여자가 어떤 남자를 많이 좋아하고 굳이 그런 감정을 숨기려 들지 않는데 어떻게 그런 감정을 알아차리지 않을 수 있겠니?"

"그야 자주 만난다면 당연히 알 수 있겠지. 하지만 네 언니와 빙리 씨는 자주 만나기는 하지만 몇 시간씩 함께 있던 적은 없잖아. 게다가 항상 많은 사람들 속에서 만나니까 둘만 대화를 할 기회도 없었고. 그러니까 내 말은 그의 관심을 붙잡을 수 있는 단 30분의 시간이라도 최대한 잘 활용해야 한다는 거야. 그 남자의 마음을 확실하게 붙들기만 하면 그다음부터는 여유 있게 사랑을 키워 갈 수 있어."

"결혼을 잘하는 것만이 목적이라면 네 방법도 나쁘지 않아. 어떻게든 돈 많은 남편을 구하겠다든지, 시집을 꼭 가야겠다고 결심했다면 나라도 그런 방법을 택했을 거야. 하지만 언니의 감정은 그런 게 아니야. 언니는 계획적으로 행동하고 있는 게 아니거든. 언니는 지금 자기가 그 남자를 얼마나 좋아하고 있는 건지, 그런 감정이 바람직한 건지에 대해서도 확신이 없단 말이야. 언니가 그 남자를 안 지 고작 보름밖에 안 됐어. 메리턴에서 그분과 네 번 춤을 추었고, 그 사람 집에서 아침에 한 번 본 적이 있고, 그 후로 네 번인가 같이 식사를 했지. 그 정도로 언니가 그 남자를 파악할 수는 없는 거잖아."

"네 표현대로라면 분명 불가능한 얘기지. 그 남자와 식사만 했다면 식욕이 좋은지 아닌지 그 정도밖에 알 수 없었겠지. 하지만 네 번이나 함께 저녁 시간을 보냈다는 걸 잊지 마. 네 번의 저녁 시간이면 충분히 역사가 이루어질 수도 있는 시간이야."

"그래, 네 번의 저녁 시간을 보내면서 두 사람 모두 커머스 게임보다 벵텅 게임을 더 좋아한다는 정도는 알아낸 것 같더라. 하지만 두 사람의 중요한 성격은 별로 드러난 게 없다는 게 문제지."

"글쎄, 어쨌든 난 제인 언니가 잘되기를 진심으로 바라고 있어. 제인 언니가 내일 결혼하든, 열두 달 동안 그의 성격을 연구하든, 행복할 확률은 마찬가지야. 결혼의 행복은 순전히 운에 달린 문제거든. 결혼하기 전에 상대방의 성격을 잘 파악하고 성격이 비슷하다고 해서 두 사람이 더 행복할 수 있는 건 아니야. 결혼하고 나면 두 사람의 성격이 점점 변해서 결국 서로에게 짜증이 나기 마련이지. 평생을 함께 보내려는 사람의 결점에 대해서는 가능한 한 모르는 게 상책이라구."

"네 말은 정말 흥미롭기는 하다. 하지만 그건 정상적

인 방법은 아니야. 너도 그게 바람직하지 않다는 건 알지? 너라도 그런 식으로 결혼하지는 않을 거 아냐?"

엘리자베스는 언니에 대한 빙리의 태도에만 정신이 팔려서 자신이 그의 친구인 다아시의 관심을 끌고 있다는 사실을 전혀 눈치채지 못했다. 다아시는 처음에는 그녀를 예쁘다고 생각하지 않았다. 무도회에서 그녀를 보았을 때 전혀 아름답다고 생각하지 않았고, 다음에 만났을 때 그녀를 쳐다본 것도 단지 결점을 잡아내기 위해서였다. 하지만 그녀의 이목구비가 그다지 잘생기지 않았다는 걸 자신과 친구들에게 확인시키려는 순간, 그녀의 검은 눈동자에 어린 풍부한 표정이 그녀의 얼굴을 남다른 지적인 아름다움으로 빛나게 한다고 느꼈다. 그리고 다시 비판적인 눈으로 그녀의 몸매에서 완벽한 균형을 깨뜨리는 결점을 찾아냈지만, 그녀의 몸가짐이 경쾌하고 유쾌하다는 사실을 인정하지 않을 수 없었다. 상류 사회의 전형적인 예의범절을 갖춘 것은 아니었지만 그녀에게는 어딘지 모르게 자연스럽고 발랄한 매력이 있었다. 그녀 자신은 이런 사실을 까맣게 모르고 있었다. 그녀에게 다아시는 누구에게도 호감을 사지 못하는 남자였고, 자기를 춤을 청할 만큼 아름답지 못한 여자로 생각하는 남자에 지나지 않았다.

그는 엘리자베스에 대해서 더 많은 걸 알고 싶어졌다. 그는 그녀와 대화를 나누기 위해서 먼저 그녀가 다른 사람들과 나누는 대화에 귀를 기울였다. 그런 행동은 엘리자베스의 신경을 건드렸다.

윌리엄 루카스 경의 저택에서 성대한 파티가 열리고 있을 때였다.

"다아시 씨는 무슨 속셈으로 내가 포스터 대령과 얘기하는 걸 엿들었던 걸까?"

엘리자베스가 샬럿에게 조용히 말했다.

"그건 다아시 씨만 대답할 수 있는 질문인걸."

"계속 그런 행동을 하면 무슨 수작을 하려는 건지 알고 있다고 말해 버릴 거야. 그 남자의 눈빛은 어쩐지 나를 빈정거리고 있는 것 같아. 내가 먼저 세게 나가지 않으면 그 사람한테 기가 눌려 버릴지도 몰라."

그 말이 끝나자마자 공교롭게도 다아시가 그들이 있는 쪽으로 다가왔다. 하지만 그는 말을 걸 생각은 없는 것처럼 보였다. 루카스 양은 엘리자베스에게 그 얘기를 꺼내지 말라고 했지만 오히려 그 말에 자극을 받은 엘리자베스는 그를 향해 돌아서서 말했다.

"다아시 씨, 방금 제가 포스터 대령에게 메리턴에서 무도회를 열어 달라고 부탁할 때 제 말솜씨가 대단하다고 생각하지 않으셨나요?"

"대단히 열정적이라고 생각했습니다. 하지만 숙녀들은 원래 그런 일엔 늘 열성이니까요."

"여자들에 대해 정말 냉정하게 말씀하시는군요."

"이제 엘리자베스에게 졸라 댈 차례네요."

루카스 양이 말했다.

"내가 피아노를 열 테니까 넌 무엇을 해야 할지 알고 있지, 엘리자?"

"넌 정말 못 말리는 친구야. 늘 내가 다른 사람들보다 먼저 피아노를 치고 노래하게 만드는구나. 내 허영심이 음악 쪽으로 발달했다면 네가 더없이 고마웠겠지. 하지만 난 일류 연주자들의 연주만 들어온 사람들 앞에서 연주하는 건 질색이야."

하지만 루카스 양의 끈질긴 권유에 못 이겨 엘리자베스는 승낙하고 말았다.

"그럼 좋아. 정 그렇다면 못할 것도 없지 뭐."

엘리자베스는 다아시를 진지한 눈빛으로 잠시 바라보고 나서 말했다.

"여러분도 잘 아시는 속담이 있죠. 죽을 식히려면 잠시 숨을 멈춰라. 저도 노래 부르기 전에 숨을 고르는 게 좋겠네요."

그녀의 노래는 썩 훌륭하다고 할 수는 없었지만 듣기에 달콤한 노래였다. 두 곡을 부르고 나서 몇몇 사람들이 한 곡 더 불러 달라고 요청했다. 그러나 엘리자베스가 답변을 하기도 전에 갑자기 메리가 나서서 피아노 앞에 앉았다. 그녀는 짐짓 진지한 자세로 연주할 준비를 하고 있었다. 메리는 가족 중에서 가장 인물이 떨어지는 편이었다. 그녀는 지식과 교양을 쌓는 데 열심이었고, 기회만 있으면 자신의 실력을 과시하고 싶어서 안달이었다. 하지만 메리는 피아노에는 재능도, 취미도 없었다. 단지 허영심을 충족하기 위해 열심히 연습했지만 그 허영심 때문에 잘난 척하며 건방진 태도를 보였다. 뛰어난 실력을 지닌 연주자라고 해도 그런 자만심은 흠이 될 만한 일이었다. 엘리자베스의 연주 실력은 동생의 반도 못 따라갔지만, 여유롭고 겸손한 태도 때문에 사람들은 훨씬 더 즐거운 마음으로 그녀의 연주를 경청할 수 있었다. 메리는 긴 협주곡을 연주한 후에 스코틀랜드와 아일랜드 가곡을 연주해서 칭찬과 감사의 말을 들었다. 그러나 그것은 루카스 집안의 딸들과 함께 방 한쪽에서 장교들과 열심히 춤을 추고 있던 그녀의 동생들이 청한 연주였다.

다아시는 그들 옆에 서 있었다. 그는 대화도 나누지 않으면서 춤으로 저녁 시간을 보내는 것에 몹시 골이 난 것 같은 표정이었다. 그는 자신의 생각에 몰두한 나머지 윌리엄 루카스 경이 말을 걸어올 때까지 그가 자기 옆에 서 있다는 것조차 몰랐다.

"젊은 사람들에게는 춤이야말로 가장 매력적인 오락이죠, 다아시 씨. 춤만 한 오락은 없지 않나요? 저는 춤이 상류 사회에서 가장 고상하고 세련된 오락이라고 생각합니다."

"그렇습니다. 게다가 상류 사회가 아닌 곳에서도 성행할 수 있다는 게 장점이기도 하죠."

윌리엄 경은 그저 미소만 짓고 있었다.

"친구분은 춤을 매우 즐기시는 것 같군요."

그는 빙리가 춤추는 무리에 합류하는 걸 보고 말했다.

"다아시 씨도 당연히 춤을 잘 추시겠죠?"

"제가 메리턴에서 춤추는 걸 보셨을 텐데요."

"네, 봤죠. 아주 유쾌한 모습이었습니다. 세인트 제임스궁에서도 자주 춤을 추시나요?"

"아뇨, 전혀 추지 않습니다."

"그런 곳에서는 춤을 추는 것이 그곳에 대한 적절한 경의의 표현이 아닐까요?"

"저로서는 어떤 곳이든 그런 경의의 표현은 되도록 피하고 싶습니다."

"런던에도 집이 있으시죠?"

다아시는 고개를 끄덕였다.

"한때는 도시에 정착할 생각을 한 적도 있었죠. 워낙 제가 상류 사회 사람들과 교제하는 걸 좋아하니까요. 하지만 런던의 공기가 집사람의 건강에 좋지 않을까 봐 걱정이 되더군요."

그는 대답을 기다리며 잠시 말을 멈췄다. 그러나 그의 대화 상대는 대답을 할 생각이 없는 것 같았다. 그때

마침 엘리자베스가 그들이 있는 쪽으로 천천히 다가왔다. 그는 갑자기 엘리자베스에게 춤출 기회를 줘야겠다는 생각이 들어 그녀를 불러 세웠다.

"엘리자베스 양, 왜 춤을 안 추고 있죠? 다아시 씨, 이 젊은 아가씨를 멋진 춤 파트너로 소개하죠. 눈앞에 이런 미인이 있는데 춤을 거절하시진 못할걸요."

그리고 그는 엘리자베스의 손을 잡고 다아시에게 넘겨주었다. 다아시는 소스라치게 놀랐지만 그녀의 손을 잡는 게 싫지는 않았다. 엘리자베스는 당황해서 손을 빼내고 뒷걸음질 치며 윌리엄 경에게 말했다.

"전 춤출 생각이 조금도 없어요. 제가 춤출 상대를 구하러 이쪽으로 왔다고 생각하지 마세요."

다아시는 진지한 표정으로 정중하게 그녀에게 춤출 기회를 달라고 부탁했지만 소용없는 일이었다. 엘리자베스는 완강했다. 윌리엄 경이 다시 설득했지만 그녀는 요지부동이었다.

"엘리자 양, 그렇게 뛰어난 춤 솜씨를 가지고 있으면서 춤추는 모습을 바라볼 수 있는 기회조차 거절하다니 너무 냉정한 것 아닌가요? 여기 계신 신사분도 춤을 별로 좋아하시지는 않지만 우리를 위해 30분 정도는 기꺼이 할애하실 것 같은데."

"다아시 씨는 워낙 예의가 바른 분이니까요."

엘리자베스가 미소를 지으며 말했다.

"그야 사실이죠. 하지만 이렇게 매력적인 상대라면 정중한 게 당연한 일이죠. 누가 이런 파트너를 거절할 수 있겠어요?"

엘리자베스는 장난스러운 표정으로 다른 곳을 바라보았다. 노골적인 거절을 당했지만 다아시는 이상하게도 기분이 상하지 않았다. 오히려 그녀를 만족스럽게 생각했다. 그때 빙리 양이 다가와서 말을 걸었다.

"무슨 생각을 하고 계신지 맞춰 볼까요?"

"아마 못 맞추실걸요."

"이런 사람들과 어울려서 이런 식으로 하고많은 밤을 보내는 게 견딜 수 없다고 생각하고 계신 거죠? 저도 같은 생각이니까요. 이렇게 짜증스러운 건 처음이에요. 따분하고 시끄럽고 잘난 것도 없으면서 다들 자기가 최고로 잘난 줄 알잖아요. 가차 없는 비난의 말씀 기꺼이 들어 드리죠."

"완전히 잘못 짚으셨네요. 전 아주 즐거운 생각을 하고 있었습니다. 어여쁜 여성의 얼굴에서 아름다운 두 눈동자가 베풀어 주는 커다란 기쁨에 대해 깊이 묵상하고 있는 중이었죠."

빙리 양은 다아시의 얼굴을 똑바로 쳐다보면서 그런 영감을 줄 수 있을 만큼 대단한 여성이 누구인지 말해 달라고 했다. 다아시는 주저하지 않고 대담하게 대답했다.

"엘리자베스 베넷 양입니다."

"엘리자베스 베넷 양이라고요?"

빙리 양은 놀라서 그의 말을 반복했다.

"어머나, 정말 놀랍군요! 언제부터 그 여자분을 그렇게 좋아하셨나요? 축하 인사는 언제 드려야 하는 거죠?"

"제가 예상했던 질문이군요. 여자들의 상상력에는 날개가 달려 있으니까요. 한순간에 칭찬에서 사랑으로, 사랑에서 결혼으로 날아가죠. 제게 축하의 말씀을 하실 줄 알았습니다."

"아니죠. 그렇게 진지하시다면 그 문제는 이미 결정된 거로 봐야겠네요. 아주 재미있는 장모님을 모시게 될 테고, 펨벌리에서 함께 사시게 되겠군요."

그녀가 이런 식으로 빈정대는 동안 다아시는 무관심한 태도로 그녀의 말을 듣고 있었다. 그의 담담한 태도를 보고 무슨 말을 해도 될 거라고 안심한 빙리 양은 끝도 없이 재담을 늘어놓았다.

7

베넷 씨의 재산은 1년에 2,000파운드 정도의 수입이 나오는 토지가 거의 전부였다. 그것도 딸들에게는 불행한 일이지만 아들이 없는 탓에 먼 친척이 상속받도록 정해져 있었다. 베넷 부인의 재산은 그녀가 혼자 쓰기에는 충분했지만 남편의 재산을 보충하기에는 부족했다. 메리턴에서 변호사 일을 하던 베넷 부인의 아버지는 그녀에게 4,000파운드를 남겨 주었다. 여동생은 그녀의 아버지 밑에서 서기 일을 하다가 그 일을 물려받은 필립스라는 남자와 결혼했고, 남동생은 런던에서 꽤 규모가 큰 장사를 하고 있었다.

롱본은 메리턴에서 겨우 1마일밖에 떨어져 있지 않

아서 베넷 집안 아가씨들이 놀러 가기에 딱 좋은 거리였다. 그들은 일주일에 서너 번씩 그곳에 가서 이모를 방문하거나 모자 가게에 들르곤 했다. 특히 가장 나이가 어린 캐서린과 리디아는 그곳으로 자주 나들이를 나섰다. 언니들보다 생각이 단순하고 고민거리도 없는 그들은 더 재미있는 일이 없을 때면 메리턴으로 걸어가서 아침나절을 즐겁게 보내고, 저녁때 나눌 화제를 물어오는 게 중요한 일과였다. 시골 마을에서 대단한 소식이 있을 리 없었지만 그들은 이모에게서 무슨 얘깃거리라도 건져 오곤 했다. 더욱이 근래에 이웃 마을에 군부대가 도착해서 새로운 소식과 흥밋거리는 전혀 부족하지 않았다. 메리턴에 본부를 둔 군부대는 겨울 내내 그곳에 주둔할 예정이었다.

필립스 부인을 찾아갈 때마다 무궁무진한 정보가 쏟아져 나왔다. 장교들의 이름과 신상에 대한 정보가 나날이 늘어 갔다. 사관들의 숙소 또한 오랫동안 비밀로 남아 있을 수 없었다. 그녀들은 마침내 장교들을 직접 만나기까지 했다. 필립스 씨는 장교들을 모두 방문했고, 그것은 조카딸들에게 전에는 맛보지 못했던 행복의 보고를 열어 주었다. 그녀들은 오로지 장교들 얘기를 하기에 여념이 없었다. 어머니는 듣기만 해도 가슴이 떨리는 빙리 씨의 재산 얘기도 그녀들에게는 소위의 군복에 비하면 하찮은 것이었다.

어느 날 아침, 캐서린과 리디아가 열을 올리며 늘어놓는 장교 얘기를 잠자코 듣고 있던 베넷 씨가 퉁명스럽게 말했다.

"너희들 하는 얘기를 듣고 있자니 이 마을에서 제일 어리석은 여자들이 바로 너희들이로구나. 예전부터 짐작은 했지만 이제야 그걸 확실히 알게 됐다."

캐서린은 당황해서 아무 대답도 못했다. 그러나 리디아는 아버지의 말은 귓등으로도 들은 체하지 않고 카터 대위가 얼마나 멋있는지 떠들어 대면서 그가 다음 날 아침 런던으로 떠나게 되어서 오늘 꼭 만나야 한다고 말했다.

"당신은 어쩜 그렇게 아무렇지도 않게 자기 자식을 어리석다고 말할 수 있어요? 정말 기가 막히네요. 난 다른 집 자식들 흉보는 건 몰라도 내 자식 흉보는 건 절대 못 참아요."

베넷 부인이 발끈해서 대들었다.

"내 자식들이 어리석다는 것 정도는 당신도 알고 있어야 할 게 아니요."

"그건 그렇죠. 하지만 우리 아이들은 모두 똑똑한데 무슨 걱정이에요?"

"당신과 내 생각이 다른 게 바로 그 점이로군. 난 우리 두 사람의 생각이 사소한 일에서도 일치하기를 바랐는데, 이 문제에선 전혀 그렇지 못한 것 같소. 난 우리 작은 두 딸이 특히 멍청하다고 생각하니까."

"여보, 아직 어린애들인데 어른처럼 사리 판단을 할 거라고 기대할 수는 없잖아요. 그 애들도 우리 나이가 되면 장교를 대단치 않게 생각할 거예요. 한때는 나도 빨간색 군복을 좋아하던 시절이 있었죠. 지금도 가슴 속에는 그 군복에 대한 애착이 남아 있어요. 연 수입이 5000~6000파운드 되는 멋진 젊은 대령이 우리 딸과 사귀고 싶어 한다면, 난 안 된다고 할 생각은 없어요. 며칠 전 밤에 루카스 경 댁에서 보니까 포스터 대령의 군복 입은 모습이 꽤나 근사합디다."

그때 리디아가 큰 소리로 말했다.

"엄마, 이모가 그러시는데 포스터 대령과 카터 대위가 요즘엔 왓슨 양 집에 처음 왔을 때처럼 자주 가지 않는대요. 근래엔 두 사람이 클라크 도서관에 있는 모습을 자주 봤다고 하던데요."

베넷 부인이 뭐라고 대꾸하려는 찰나에 하인이 편지 한 통을 가지고 들어왔다. 네더필드에서 제인에게 보낸 편지였다. 하인은 답장을 기다리며 서 있었다. 제인이 편지를 읽는 동안 베넷 부인은 기쁨에 벅차 눈을 반짝이며 궁금증을 참지 못하고 소리쳤다.

"제인, 누가 보낸 편지니? 무슨 내용이야? 뭐라고 쓰여 있어? 빨리 말 좀 해 봐라, 어서!"

"빙리 양에게서 온 거예요."

제인은 소리 내어 편지를 읽었다.

친애하는 벗에게

루이자와 나를 불쌍하게 여긴다면 오늘 저녁 식사하러 와 줄래요? 안 그러면 우리 둘은 평생 서로 원수처럼 지내게 될지도 몰라요. 여자 둘이 하루 종일 마주 앉아 얼굴을 맞대고 있다 보면 결국 싸움으로 끝날 수밖에 없잖아요. 이 편지를 받는 즉시 달려와 줘요. 오빠와 다른 남자들은 장교들과 식사하러 밖에 나갈 거랍니다.

영원한 친구

캐롤라인 빙리

편지를 다 읽고 나자 리디아가 외쳤다.

"장교들이라고! 이모는 왜 내게 그 얘기를 안 해 주셨담."

"식사하러 나갈 거라니. 그건 참 아쉽구나."

베넷 부인이 약간 실망한 표정으로 말했다.

"마차를 타고 가도 괜찮을까요?"

"아니, 말을 타고 가는 게 좋겠다. 금방이라도 비가 쏟아질 것 같구나. 그럼 오늘 밤 어쩔 수 없이 그 댁에서 묵어야 할 게 아니냐?"

"그거 정말 기발한 생각이네요. 그 집에서 언니를 집에 데려다 주겠다고 하지만 않으면 말이에요."

엘리자베스가 말했다.

"그렇긴 하다만, 빙리 씨 마차는 메리턴에 가는 남자

들이 타고 갔을 테고 허스트 댁은 마차가 없지 않니."

"전 마차를 타고 갔으면 좋겠어요."

"네 아버지가 마차를 안 내주실걸. 농장에서 필요할 테니 말이다. 안 그래요, 여보?"

"그야 항상 필요하지만 내 차지가 못 될 때가 더 많지."

"오늘 아버지가 쓰신다고 하면 어머니의 목적이 이뤄지는 셈이네요."

엘리자베스는 결국 아버지에게서 농장에 말이 필요하다는 말을 강제로 받아 냈고 제인은 어쩔 수 없이 말을 타고 가야 했다. 베넷 부인은 날이 궂을 거라고 몇 번이나 강조하며 기대에 들떠서 딸을 문까지 배웅했다. 어머니의 소망은 이루어졌다. 제인이 떠난 지 얼마 되지 않아서 장대비가 쏟아지기 시작했다. 동생들은 언니를 걱정하며 불안해했지만 어머니는 기뻐서 어쩔 줄 몰랐다. 비는 밤새도록 줄기차게 쏟아졌고 아무래도 제인이 집으로 돌아오기에는 힘들어 보였다.

"내 생각이 딱 들어맞았어!"

베넷 부인은 자기가 비를 내리게 하기라도 한 것처럼 의기양양하게 말했다. 다음 날 아침이 되자 그녀는 자신의 계략이 적중했다는 걸 확인했다. 아침 식사가 막 끝났을 때, 네더필드에서 온 하인이 엘리자베스에게 쪽지를 전달했다.

사랑하는 리지에게
오늘 아침 몸이 너무 안 좋아. 어젯밤에 비를 쫄딱 맞아서 그런 것 같아. 이곳 친구들은 내가 회복될 때까지 나를 집에 보내지 않겠다는구나. 존스 씨에게 진찰을 받아야 한다면서 한사코 집에 가는 걸 말리고 있어. 존스 씨가 오신다고 해서 놀라지는 마. 목이 좀 아프고 두통이 있는 정도지 대단한 병은 아니니까.

제인이

엘리자베스가 편지를 소리 내서 읽고 나자 베넷 씨가 대뜸 말했다.

"당신 딸이 중병에 걸려서 죽는다고 해도 그게 다 당신 뜻대로 빙리 씨를 찾아가서 된 일이니 당신은 만족하겠구려."

"죽긴 왜 죽어요. 감기 좀 걸렸다고 죽는 사람이 어디 있어요? 그 집에서 오죽 잘 돌봐 주려고요. 그 집에 머물면 제인에게는 천만 잘된 일이죠. 마차만 있으면 내가 보러 갈 수 있을 텐데."

엘리자베스는 너무 걱정이 되어서 마차를 쓸 수 없더라도 언니를 보러 가야겠다고 마음먹었다. 그녀는 말을 탈 줄 모르기 때문에 걸어갈 수밖에 없었다. 그녀는 자신의 결정을 가족들에게 알렸다.

"넌 왜 그렇게 생각이 없니? 진흙탕 속을 혼자 걸어서 가겠다는 게 말이나 되는 소리냐? 거기 도착하면 네 꼴이 얼마나 엉망이겠니?"

"언니만 만나면 돼요. 제가 바라는 건 그것뿐이에요."

"그건 나 들으라고 하는 소리냐, 리지? 마차를 쓰게 해 달라는 말이지?"

아버지가 말했다.

"아니에요. 전 걷는 게 좋아요. 꼭 볼일이 있으면 거리가 먼 건 제겐 아무것도 아니에요. 게다가 겨우 3마일밖에 안 되는데요 뭘. 저녁 식사 전까지는 돌아올게요."

"언니의 자애로운 행동은 정말 존경스러워. 하지만

모든 충동적인 감정은 이성으로 통제하지 않으면 안 돼. 노력은 요구되는 만큼만 해야 한다는 게 내 견해야."

메리가 말했다.

"우리가 메리턴까지 같이 가 줄게."

캐서린과 리디아가 나섰다.

엘리자베스는 그들의 동행을 허락했다. 그래서 세 자매는 함께 출발했다.

"서둘러 가면 카터 대위가 가기 전에 잠깐이라도 얼굴을 볼 수 있을지 몰라."

리디아가 걸어가면서 말했다.

세 자매는 메리턴에서 갈라졌다. 두 동생은 장교 부인의 숙소로 향했고, 엘리자베스는 혼자서 걸어갔다. 빠른 걸음으로 들판을 가로지르고, 가축우리의 계단을 뛰어넘고, 웅덩이를 건너뛰었다. 그러다 드디어 그 집이 보이는 곳에 이르렀을 때 발목은 시큰거리고, 양말은 흙투성이였고, 얼굴은 새빨갛게 상기되어 있었다.

엘리자베스는 아침 식사를 하고 있는 식당으로 안내받았다. 제인을 제외하고 그곳에 모여 있던 사람들은 그녀가 나타나자 무척 놀란 표정을 지었다. 허스트 부인과 빙리 양은 이 새벽에 엘리자베스가 혼자 비가 내려서 진흙탕이 된 길을 3마일이나 걸어왔다는 사실을 도저히 믿을 수가 없었다. 엘리자베스는 그들이 그런 행동을 한 자신을 속으로 경멸하고 있다고 느꼈다. 그들은 겉으로는 정중하게 그녀를 맞이했다. 그러나 빙리의 태도에는 단순한 예의 이상의 친절과 호의가 담겨 있었다. 다아시는 고작 몇 마디만을 건넸고, 허스트 씨는 한마디도 하지 않았다. 다아시는 먼 길을 걸어오느라 빨갛게 달아오른 그녀의 얼굴이 아름답게 빛나는 걸 속으로 감탄하면서 바라보았다. 한편으로는 그렇게 먼 길을 왜 혼자 걸어왔는지 궁금해서 견딜 수가 없었다. 허스트 씨는 오직 아침을 먹는 일에만 열중하고 있었다.

엘리자베스가 언니의 몸 상태에 대해 묻자 별로 좋지 않은 답변이 돌아왔다. 제인은 간밤에 잠을 제대로 못 잤고, 지금은 깨어나기는 했지만 열이 심하게 나서 방에서 나올 수 없다고 했다. 엘리자베스는 곧바로 언니가 있는 방으로 가 보았다. 그녀가 방에 들어서자 제인은 매우 반가워했다. 속으로는 가족들이 와 주기를 바라면서도 가족들에게 수고를 끼치지 않으려고 그런 내

색을 하지 못했던 것이었다. 그러나 아직 얘기를 많이 하는 건 제인에게 무리한 일이었다. 빙리 양이 두 사람만 남겨 두고 방을 나가자 제인은 이곳 사람들이 자상하게 돌봐 주고 있다는 말만 하고는 다른 얘기는 하지 않았다. 엘리자베스는 말없이 언니의 곁을 지켰다.

아침 식사를 마치자 빙리가의 두 자매가 제인이 있는 방으로 왔다. 엘리자베스는 제인에게 진심 어린 애정과 관심을 보이는 그들에게 비로소 호감을 느끼기 시작했다. 얼마 지나지 않아서 의사가 도착했다. 예상했던 대로 의사는 제인이 심한 감기에 걸렸다면서 회복될 수 있도록 옆에서 잘 돌봐 주어야 한다고 말했다. 그리고 그녀에게 침대에 누우라고 하면서 약을 주겠다고 했다. 제인은 열이 더 오르고 머리가 깨질 것처럼 아파서 의사의 말대로 약을 먹었다. 엘리자베스는 줄곧 언니 옆에 앉아 있었고, 다른 여자들도 거의 다 제인의 곁을 떠나지 않았다. 남자들이 모두 외출하고 없어서 달리 할 일이 없기도 했다.

시계가 3시를 알리자 엘리자베스는 내키지는 않지만 집으로 돌아가야겠다고 말했다. 빙리 양이 마차를 내주겠다고 말했다. 엘리자베스는 빙리 양이 강하게 권유하면 못 이기는 척하고 그녀의 제의를 받아들일 생각이었다. 그러나 제인이 동생과 헤어지는 걸 너무 아쉬워하는 걸 본 빙리 양은 마차를 내주겠다는 제안을 네더필드에 당분간 머물러 달라는 부탁으로 바꿨다. 엘리자베스는 그녀의 제안을 기꺼이 받아들이고 롱본에 하인을 보내서 가족들에게 이곳에 머물게 되었으니 옷가지를 보내 달라는 전갈을 보냈다.

8

오후 5시가 되자 두 자매는 옷을 갈아입기 위해 방에서 나왔고, 6시 반에 엘리자베스는 저녁 식사에 초대되었다. 식사를 하는 동안 의례적인 질문이 엘리자베스에게 쏟아졌다. 특히 빙리가 언니를 진심으로 걱정하고 있는 것 같아 내심 흐뭇했다. 그러나 그에게 좋은 소식을 들려줄 수는 없었다. 제인의 병세는 전혀 차도가 없었다. 빙리 자매는 제인의 말을 듣자 정말 안됐다는 말을 서너 번 되풀이하고, 독감에 걸리는 건 정말 끔찍한 일이고, 자기네는 아픈 게 너무 싫다고 말했다. 그러고 나서는 더 이상 그 일에 대해 언급하지 않았다. 제인에 대한 그들의 무관심한 태도를 확인하고 나자 엘리자베스는 그들이 다시 싫어지는 것 같았다.

그중에서 엘리자베스가 마음 편히 대할 수 있는 사람은 빙리 한 사람뿐이었다. 빙리는 진심으로 제인을 걱정하는 기색이 역력했고 엘리자베스에게도 친절하게 대해 주었다. 덕분에 그녀는 다른 사람들이 자신을 성가신 불청객으로 여긴다는 걱정에서 벗어날 수 있었다. 빙리를 제외하고 그녀에게 관심을 두는 사람은 아무도 없었다. 빙리 양은 다아시에게 푹 빠져 있었고, 그녀의 언니 역시 동생 못지않게 다아시에게 신경을 쓰고 있었다. 엘리자베스 옆에 앉아 있는 허스트 씨로 말하자면, 그는 오직 먹고 마시고 카드놀이를 하는 데만 인생의 목적이 있는 것 같은 나태한 인물이었다. 그는 엘리자베스가 라구*보다 담백한 음식을 더 좋아한다는 것을 알고 나자 더 이상 그녀에게 물어볼 말이 없는 모양이었다.

저녁 식사가 끝나자 엘리자베스는 곧장 제인에게로 돌아갔다. 빙리 양은 엘리자베스가 방에서 나가자마자

---

* 고기와 야채에 갖은 양념을 하여 끓인 음식이다.

그녀를 흉보기 시작했다. 그녀는 엘리자베스의 태도가 오만하고 건방지기 짝이 없으며, 화술이나 옷차림이나 외모가 모두 형편없다고 험담을 늘어놓았다. 허스트 부인도 자기 역시 같은 생각이라고 거들었다.

"한마디로 그 여자를 평하자면 잘 걷는다는 것밖에는 내세울 게 하나도 없어. 오늘 아침에 우리 집에 왔을 때 그 꼬락서니는 절대 잊지 못할 거야. 완전히 정신 나간 여자 같지 않았어?"

"그러게 말이야. 난 정말 표정 관리가 안 되더라니까. 도대체 여기까지 온 것 자체가 미친 짓 아냐? 자기 언니가 감기 좀 걸렸다고 시골길을 그렇게 헤집고 온다는 게 말이나 돼? 그 더럽고 엉망으로 흐트러진 머리 꼴이라니!"

"맞아, 게다가 그 속치마 봤지? 진흙탕에 빠져서 흙투성이가 된 걸 가리느라고 드레스를 내려뜨린 꼴이 정말 눈 뜨고는 못 봐 주겠던걸."

"정확한 묘사인 건 알겠는데 나한테는 전혀 그렇게 보이지 않았어. 엘리자베스 양이 오늘 아침에 방으로 들어섰을 때 난 그녀가 정말 대단하다고 생각했어. 속치마 같은 건 전혀 눈에 들어오지도 않았어."

빙리가 말했다.

"다아시 씨도 보셨죠? 여동생이 그런 모습을 하고 나타난다면 당연히 기겁을 하시겠죠?"

빙리 양이 말했다.

"물론이죠."

"3마일인가, 4마일, 아니면 5마일 정도 되려나? 어쨌든 그렇게 먼 거리를 발목이 진창에 빠져 가면서 혼자서 걸어오다니. 도대체 뭘 보여 주려는 걸까요? 내가 보기엔 대단한 독립심이라도 과시하려는 속셈인 것 같아요. 정말 역겨운 자만심이죠. 예의 같은 건 깡그리 무시하는 시골뜨기다운 짓 아니에요?"

"난 언니에 대한 애정을 보여 주는 것 같아서 감동적이던데."

빙리가 말했다.

"다아시 씨, 예전에 엘리자베스의 눈을 칭찬하시더니, 이번 일로 좀 달라지지 않으셨나요?"

빙리 양이 은근히 속을 떠보는 것처럼 말했다.

"아뇨, 전혀 그렇지 않았어요. 운동을 해서 그런지 눈이 더욱 반짝이는 것 같더군요."

다아시가 대답하자 잠시 어색한 침묵이 흘렀다.

허스트 부인이 다시 말문을 열었다.

"난 제인 베넷 양이 꽤 마음에 들어요. 아주 사랑스러운 여성이라고 생각해요. 하지만 부모도 그렇고 친척들이 모두 천박한 사람들이라서 좋은 집안에 시집가기는 힘들겠죠."

"제인의 삼촌이 메리턴에서 변호사로 일하고 있다고 하지 않았나요?"

"맞아요. 삼촌이 한 명 더 있는데 치프사이드 근처 어딘가에 살고 있다고 했어요."

"정말 대단한 집안인걸."

빙리 양이 말하자 두 자매는 신나게 웃음을 터뜨렸다.

"그 자매의 삼촌이 치프사이드를 가득 채울 만큼 많다고 해도 난 상관없다고 생각하는데. 그런 것 때문에 그 자매의 장점이 줄어드는 건 아니야."

빙리의 말에 다아시가 반박했다.

"하지만 현실적으로 볼 때 신분이 높은 남자와 결혼할 가능성이 줄어드는 건 당연한 일이야."

빙리는 그의 말에 아무 대꾸도 하지 않았지만, 그의 누이들은 신이 나서 맞장구를 치며 한참 동안 친구의 천박한 친척들을 비웃으며 희희낙락했다.

잠시 후 제인에게 미안한 생각이 들었는지 그들은 식당에서 나와 커피를 마시러 오라는 기별이 올 때까지 제인 곁에 앉아 있었다. 제인은 여전히 상태가 좋지 않아서 엘리자베스는 저녁 늦게까지 그녀의 곁을 떠날 수가 없었다. 제인이 잠든 것을 보고 겨우 마음이 놓인 엘리자베스는 내키지는 않지만 예의상 아래층으로 내려가야겠다고 생각했다. 응접실에 들어서자 모두들 루 놀이를 하고 있었다. 그녀에게도 같이 하자고 권했지만 큰돈을 걸고 하는 내기 같아서 사양했다. 그녀는 언니를 핑계 삼아 잠시 아래층에서 책을 읽는 게 좋겠다고 말했다.

그러자 허스트 씨가 놀란 표정으로 그녀를 쳐다보며 큰 소리로 말했다.

"카드놀이보다 책을 더 좋아하시나 보죠? 정말 독특한 취향을 가지셨군요."

"엘리자 베넷 양은 카드놀이를 천박하게 생각하나 봐

요. 굉장한 독서가시라 다른 일엔 전혀 흥미가 없는 건가요?"

빙리 양이 빈정댔다.

"전 칭찬을 들을 자격도 비난을 들을 이유도 없다고 생각해요. 책을 아주 많이 읽는 것도 아니고, 독서 이외에도 좋아하는 일이 많으니까요."

엘리자베스가 큰 소리로 말했다.

"언니를 간호하는 일을 좋아하시는 건 분명하군요. 언니가 빨리 회복되셔서 더 큰 즐거움을 느끼실 수 있기를 바랍니다."

빙리가 다정하게 말했다.

엘리자베스는 그에게 진심으로 감사하다는 말을 하고 책이 몇 권 놓여 있는 탁자를 향해 걸어갔다. 빙리는 다른 책들을 더 가져다주겠다고 하면서 필요하다면 서재에 있는 책을 모두 가져오겠다고 했다.

"제게 더 많은 책이 있었더라면 좋았을 텐데. 그럼 저도 체면이 섰을 거구요. 그나마 얼마 되지 않는 책도 게을러서 다 읽지 못했답니다."

엘리자베스는 그 책으로도 충분하다고 그를 안심시

켰다.

"나도 의외였어. 아버지가 남겨 주신 책이 그 정도밖에 안 된다는 게 말이야. 다아시 씨는 펨벌리에 훌륭한 서재를 갖고 계셔서 정말 좋으시겠어요."

빙리 양이 다아시를 쳐다보며 말했다.

"저희 집에 있는 서재는 몇 대에 걸쳐서 꾸민 거니까요."

다아시가 빙리 양의 말에 대답했다.

"다아시 씨가 직접 모으신 책도 많잖아요. 늘 책을 구입하신다고 들었어요."

"이런 시대에 가문의 서가를 소홀히 한다는 건 제겐 용납되지 않는 일입니다."

"소홀히 한다니요? 다아시 씨는 훌륭한 저택을 더 아름답게 꾸미는 일이라면 무엇 하나 게을리하지 않으실 텐데요. 오빠! 오빠도 다음에 집을 지으면 펨벌리 저택처럼 멋지게 꾸며요. 아니 그 반만이라도 따라가게 해요."

"나도 그랬으면 좋겠다."

"그 근처에 땅을 사서 펨벌리를 견본으로 해서 집을

짓는 게 어떨까요? 잉글랜드 지역에서 더비셔보다 더 나은 주는 없으니까 말이에요."

"좋은 생각이야. 다아시가 팔기만 한다면 아예 펨벌리를 사 버릴 생각도 있어."

"오빠, 난 지금 가능성 있는 얘기를 하고 있는 거야."

"나도 마찬가지야. 펨벌리를 흉내 내서 집을 짓는 것보다 아예 사 버리는 게 더 가능성 있는 얘기 아니냐?"

엘리자베스는 그들의 대화에 신경이 쓰여서 책에 있는 글자가 제대로 눈에 들어오지 않았다. 그녀는 곧 책을 내려놓고 카드 테이블로 다가가서 빙리와 그의 누이 사이에 자리를 잡고 앉았다.

"다아시 양은 지난봄보다 키가 많이 컸나요? 이제 내 키만 한가요?"

빙리 양이 말했다.

"아마 그럴걸요. 이제 엘리자베스 양의 키 정도 될 거예요. 어쩜 더 클지도 모르죠."

"꼭 다시 만나고 싶어요. 그렇게 내 맘에 꼭 드는 아가씨는 만나 본 적이 없어요. 용모도 그렇고 매너는 또 얼마나 좋은데요. 어린 나이에 어쩜 그렇게 교양이 있죠?

피아노 연주 솜씨도 절묘하더군요."

"난 정말 놀라워. 젊은 여자들이 모두 그런 걸 다 배울 만큼 참을성 있다는 게 말이야."

빙리가 말했다.

"젊은 여자들이 모두 교양을 갖췄다는 거예요, 오빠? 무슨 뜻으로 그런 말을 하는 거죠?"

"내 생각엔 다들 그런 것 같아. 누구나 화판에 그림 그리고, 병풍에 수놓고, 손지갑 짜는 정도는 할 수 있잖아. 내가 아는 여자들 중에서 그런 걸 할 줄 모르는 여자는 한 명도 없을걸. 젊은 여자가 화제에 처음 등장하면 으레 교양이 넘치는 아가씨라고들 하잖아."

"지금 자네가 말한 걸 교양이라고 하는 것도 전혀 틀린 말은 아닌 것 같군. 손지갑을 짜고 수를 놓는 것 이외에 다른 교양은 갖추지 못한 여자들이 워낙 많으니까 말일세. 그 여자들한테는 그런 게 교양이라고 할 수 있겠지. 하지만 나는 대부분의 여성들에 대한 자네의 평가에는 전혀 동의할 수 없네. 내가 아는 여자들 중에서 정말 교양이 있는 사람은 고작해야 여섯 명 정도밖에 안 될 테니 말일세."

"제 생각도 그래요. 정말 맞는 말씀이에요."

빙리 양이 얼른 맞장구를 쳤다.

"그렇다면 다아시 씨가 말씀하시는 교양 있는 여성은 상당히 많은 조건을 갖춰야겠군요."

엘리자베스가 나섰다.

"맞습니다. 굉장히 많은 조건이 포함되죠."

"당연한 말씀이세요. 흔해 빠진 보통 사람들의 수준을 능가하지 못한다면 진정한 의미에서 교양을 갖췄다고 말할 수 없죠. 교양 있는 아가씨라는 말을 들으려면 적어도 음악, 노래, 그림, 춤은 기본이고 거기에 외국어 몇 개 정도는 꿰고 있어야 하죠. 분위기나 걸음걸이, 목소리 톤, 말솜씨, 표정에도 어딘가 남다른 데가 있어야 해요. 그렇지 않으면 교양 있다는 말을 들을 자격을 절반도 못 갖췄다고 할 수 있죠."

다아시의 충실한 조수가 열변을 토했다.

"그런 건 당연히 갖춰야 할 기본 조건이고, 거기다 광범위한 독서로 내면을 계발해서 실속 있는 정신적인 교양도 더해져야 합니다."

다아시의 말에 엘리자베스가 반박하고 나섰다.

"교양 있는 여성을 여섯 명밖에 모른다는 말이 이제야 이해가 되는군요. 그런 여자를 한 명이라도 아신다는 게 오히려 신기하네요."

"같은 여성으로서 그런 조건을 갖춘 여성이 한 명도 없다고 생각하는 건 너무 가혹한 것 아닌가요?"

"전 그런 여성을 한 번도 본 적이 없어서요. 당신이 말한 대로 그런 능력과 고상한 취향과 성실성과 품위를 골고루 갖춘 여성은 한 명도 못 봤어요."

허스트 부인과 빙리 양은 그런 조건을 갖춘 여자를 보지 못했다는 엘리자베스의 말이 부당하다며 자기네들은 그런 여자들을 많이 봤다고 항변했다. 그러자 허스트 씨가 카드 놀이에 집중할 수가 없다며 조용히 해 달라고 불평했다. 그래서 결국 그들의 논쟁은 끝을 맺었고 엘리자베스는 방을 나갔다.

그녀가 문을 닫고 나가자 빙리 양이 말했다.

"엘리자베스 베넷 양은 같은 여자들을 깎아 내려서 남자들의 환심을 사려는 부류인 것 같아요. 그런 술수에 넘어가는 남자들도 많겠죠. 하지만 내겐 유치하고 비열한 술책으로밖엔 안 보이는군요."

그녀가 다아시를 주시하며 말하자 그가 답변했다.

"여성들이 남자들의 관심을 끌기 위해 하는 행동 중에는 분명 비열한 면이 있습니다. 조금이라도 교활한 구석이 있다면 그건 마땅히 경멸할 만한 행동이라고 생각합니다."

빙리 양은 그의 답변이 만족스럽지 않아서 더 이상 그 문제에 대해 거론하지 않았다.

잠시 후 엘리자베스는 다시 응접실에 들러 언니의 병세가 더 나빠져서 곁을 떠날 수 없다고 말했다. 빙리는 즉시 존스 씨를 불러와야 한다고 재촉했지만, 그의 누이들은 시골 의사는 도움이 안 될 거라며 시내에서 이름 있는 의사를 모셔 와야 한다고 우겼다.

엘리자베스는 그런 생각에는 동의하지 않았지만, 빙리의 제안에 굳이 반대하고 싶은 마음은 없었다. 그래서 다음 날 아침까지 베넷 양의 상태가 크게 호전되지 않으면 존스 씨를 모셔 오기로 결정했다. 빙리는 안절부절못했고, 그의 누이들은 제인이 매우 걱정된다고 말했다. 빙리는 가정부에게 환자와 그의 여동생을 잘 돌봐 주라는 지시를 내리는 것으로 초조한 마음을 달랬고, 누이들은 저녁 식사를 마치고 나서 이중창을 부르며 시간을 보냈다.

9

엘리자베스는 언니가 있는 방에서 그날 밤을 거의 새우다시피 했다. 다음 날 아침 일찍 빙리가 하녀 편에 언니의 안부를 물어 왔고, 잠시 후에는 그의 누이들을 시중드는 교양 있는 두 하녀가 안부를 물었다. 다행스럽게도 엘리자베스는 언니의 병세가 많이 호전되었다는 답변을 전달할 수 있었다. 그리고 언니가 많이 좋아지기는 했지만 어머니가 직접 오셔서 언니의 건강 상태를 확인해 주셨으면 좋겠다는 편지를 롱본으로 보내 달라고 부탁했다. 쪽지는 즉시 전달되었고, 쪽지의 내용도 신속하게 실행되었다. 베넷 부인은 빙리가의 아침 식사가 끝나자마자 가장 어린 두 딸을 데리고 네더필드에

도착했다.

제인의 상태가 심각했다면 베넷 부인도 당연히 걱정을 했을 것이다. 그러나 딸이 그다지 위중한 상태가 아닌 걸 확인한 베넷 부인은 병이 나으면 네더필드를 떠나야 할 거라는 생각에 딸이 금방 회복되지 않기를 속으로 바랐다. 그녀는 집으로 데려가 달라는 딸의 호소를 외면했다. 베넷 부인과 거의 같은 시각에 도착한 의사 역시 환자가 움직이는 건 바람직하지 않다고 말했다. 어머니와 세 딸은 한참 동안 제인의 곁에 앉아 있다가 빙리 양이 찾아와서 권유하는 대로 식당으로 갔다. 빙리는 그들을 맞이하며 베넷 부인이 생각했던 것보다 따님의 상태가 나쁘지 않았으면 좋겠다고 말했다.

"와서 보니 생각했던 것보다 딸아이의 상태가 더 나쁘군요. 아직 움직이는 건 무리일 것 같아요. 존스 씨도 절대 움직이면 안 된다고 하시고, 염치없지만 좀 더 신세를 져야겠네요."

"움직이다니요? 그건 절대 안 됩니다. 제 누이도 그렇게 생각할 겁니다."

"저희와 함께 있는 동안 최선을 다해서 돌봐 드릴 테

니 염려하지 마세요."

빙리 양이 정중하지만 어딘가 쌀쌀맞은 어조로 말했다.

베넷 부인은 늘어지게 감사의 인사를 늘어놓고는 덧붙였다.

"이렇게 좋은 친구분들이 없었더라면 우리 애가 어떻게 됐을지 생각만 해도 아찔하네요. 저렇게 몸이 안 좋으니 말이에요. 누구보다 참을성이 많은 아이인데도 너무 힘들어하는군요. 평소에도 항상 인내심이 많은 아이랍니다. 저 애만큼 성품이 착한 사람은 한 번도 본 적이 없어요. 난 다른 딸들한테도 늘 입버릇처럼 너희들은 언니와는 비교도 안 된다고 말한답니다. 이 방은 정말 예쁘군요, 빙리 씨. 게다가 자갈길이 내다보이는 전망이 정말 훌륭해요. 이 근방에서 네더필드만큼 멋진 곳은 없을 거예요. 임대 기간이 짧다는 말은 들었지만 서둘러 이곳을 떠나실 생각은 아니시죠?"

"전 무슨 일이든 신속하게 하는 편입니다. 네더필드를 떠날 마음만 먹으면 단 5분 안에 떠날 수도 있죠. 하지만 지금 같아서는 아예 이곳에 정착하고 싶은 마음입니다."

"제가 예상했던 대로네요."

엘리자베스가 말했다.

"이제 제 속마음을 파악하시게 됐군요. 안 그렇습니까?"

빙리가 그녀를 돌아보며 말했다.

"네, 아주 꿰뚫어 볼 수 있을 것 같아요."

"그 말씀을 칭찬으로 받아들이고 싶군요. 하지만 그렇게 쉽게 제 속마음을 들켜 버리다니 제 자신이 한심하다는 생각도 드네요."

"그렇게 생각하실 것까진 없어요. 복잡하고 심각한 성격이라고 해서 빙리 씨 같은 성격보다 더 파악하기 쉽거나 어려운 건 아니니까요."

"리지야, 여기가 어디라고 집에서처럼 함부로 말하는 거니?"

베넷 부인이 엘리자베스를 질책했다.

"미처 몰랐습니다. 엘리자베스 양께서 사람들의 성격을 연구하시는 줄은. 아주 흥미로울 것 같네요."

빙리가 즉시 말을 받았다.

"네, 하지만 복잡한 성격을 연구하는 게 가장 흥미롭긴 해요. 그런 성격을 가진 사람들은 적어도 재미를 제공해 준다는 장점은 있죠."

"시골에선 그런 대상을 찾기가 쉽지 않을 텐데요. 만날 수 있는 사람들이라고 해 봐야 뻔하고 늘 똑같으니까 말이죠."

다아시가 말했다.

"하지만 사람들은 늘 변하기 마련이라서 늘 새롭게 관찰할 만한 대상이 나타나죠."

"맞는 말이에요. 시골에서도 런던과 마찬가지로 항상 변화가 일어나죠."

시골 사람이라는 말에 기분이 상한 베넷 부인이 큰 소리로 말했다.

그녀의 발끈하는 말에 모두들 깜짝 놀랐다. 다아시는 잠시 그녀를 쳐다보다가 말없이 고개를 다른 곳으로 돌렸다. 그를 완벽하게 눌렀다고 착각한 베넷 부인은 의기양양하게 말을 이었다.

"난 런던이 시골보다 특별히 나은 게 뭐가 있는지 잘 모르겠어요. 상점이나 공원이 많다는 것 빼고는. 시골이 훨씬 더 살기에 쾌적하지 않은가요, 빙리 씨?"

"전 시골에 있을 때는 시골을 절대로 떠나고 싶지 않아요. 하지만 도시에 있을 때 역시 마찬가지예요. 어디든 나름대로 장점이 있고, 전 어느 곳에 있든지 똑같이 행복하니까요."

"그건 빙리 씨가 워낙 성품이 좋아서 그런 거죠."

베넷 부인은 다아시를 보며 말했다.

"하지만 저 신사분은 시골을 형편없는 곳으로 생각하시는 것 같은데요."

그 말에 엘리자베스가 얼굴을 붉히며 말했다.

"그건 어머니가 오해하신 거예요. 다아시 씨는 단지 시골에서는 도시에서만큼 다양한 사람들을 만날 수 없다는 뜻으로 말씀하신 거예요. 그건 어머니도 인정하실 수밖에 없는 사실이구요."

"누가 아니라고 했니? 이웃을 많이 만날 수 없다고 해서 하는 말인데, 우리보다 더 이웃이 많은 마을이 어디 있겠니? 우리가 함께 식사하는 이웃이 스물네 집이나 되는데 말이다."

빙리는 웃음이 터져 나오려는 걸 엘리자베스의 입장

이 곤란해질까 봐 간신히 참았다. 하지만 빙리만큼 배려심이 깊지 못한 그의 누이들은 다아시를 보며 의미심장한 미소를 지었다.

엘리자베스는 어머니의 관심사를 다른 쪽으로 돌릴 생각으로 자기가 이곳에 온 후로 샬럿 루카스가 롱본에 다녀갔는지 물었다.

"그래, 어제 자기 아버지와 함께 다녀갔단다. 윌리엄 씨는 정말 좋은 분이야. 그렇지 않아요, 빙리 씨? 정말 신사다운 분이시죠. 점잖으시고 관대하시고, 누구하고든 대화를 나눌 수 있는 분이시잖아요. 저는 그런 게 바로 제대로 된 예의범절이라고 생각해요. 자기가 대단한 사람이라고 생각하는 사람들은 교양이 뭔지도 모르면서 입을 꽉 다물고 있는 걸 훌륭한 매너로 착각하는 것 같더라구요."

"샬럿이 저녁을 먹고 갔나요?"

"아니, 집에 가야 한다고 하더라. 민스파이*를 구워야 한다면서. 빙리 씨, 전 그런 집안일은 하인들에게 시킨

* 갈아 놓은 고기를 넣어 구운 작고 동그란 파이이다.

답니다. 우리 딸들에게 직접 요리를 시키지는 않았어요. 사람마다 견해가 다르긴 하지만, 루카스 집안 딸들도 아주 훌륭한 아가씨들이죠. 별로 예쁘지 않다는 게 흠이긴 하지만. 그렇다고 샬럿이 아주 못생겼다는 말은 아니에요. 그 아가씨는 우리 집하고는 매우 친하게 지내고 있답니다."

"아주 유쾌한 아가씨 같던데요."

"그건 그래요. 하지만 너무 못생겼다는 건 인정해야죠. 루카스 부인도 늘 그렇게 말하면서 제인이 예쁜 걸 부러워한답니다. 제 딸을 자랑하는 건 아니지만 사실 제인보다 외모가 뛰어난 아가씨는 흔치 않죠. 모두들 이구동성으로 하는 말이에요. 제 딸이라서 하는 말은 절대 아니랍니다. 제인이 겨우 열다섯 살밖에 안 됐을 때 일이에요. 런던 시내에 살고 있던 제 동생 가디너 집에 묵고 있던 남자가 그 애한테 홀딱 반해 버렸죠. 제 올케는 그 남자가 그곳을 떠나기 전에 틀림없이 청혼할 거라고 했어요. 물론, 진짜 청혼을 하지는 않았죠. 아마 제인의 나이가 너무 어리다고 생각했을 거예요. 어쨌든 제인에게 시를 써서 주었답니다. 아주 아름다운 시였죠."

"그리고 그 시 때문에 사랑은 곧 끝나 버렸구요."

엘리자베스가 참다못해 말했다.

"그런 식으로 끝나 버린 사랑은 셀 수 없이 많을 거예요. 시가 사랑을 몰아내는 데 효과적이라는 사실을 처음 발견해 낸 사람이 누굴까요?"

"저는 지금껏 시가 사랑의 양식이라고 생각해 왔습니다."

다아시가 엘리자베스의 말을 받았다.

"견고하고 건전한 사랑이라면 그럴 수도 있겠죠. 진실로 강한 사랑은 어디서건 양분을 흡수할 수 있으니까요. 하지만 부실하고 얄팍한 감정이라면 아름다운 소네트를 한 편 짓는 걸로도 양분이 고갈되어 버릴 수 있죠."

다아시는 그 말에는 대꾸하지 않고 미묘한 미소를 지었다. 모두들 침묵을 지키자 어머니가 또다시 웃음거리가 될까 봐 엘리자베스는 마음이 조마조마했다. 뭔가 말을 꺼내고 싶었지만 마땅한 얘깃거리가 생각나지 않았다. 잠시 후 베넷 부인은 빙리에게 제인을 잘 돌봐 줘서 감사하고 리지가 폐를 끼치게 되어 미안하다는 말을 몇 번이나 되풀이했다. 빙리는 그녀의 말에 진심으로 공손하게 답변하고, 누이동생에게도 정중하게 인사를 드리게 했다. 빙리 양은 건성으로 오빠가 시키는 역할을 했지만 베넷 부인은 흡족해하며 곧 마차를 대기시켰다. 그러자 기다렸다는 듯이 베넷가의 어린 두 딸이 앞으로 나섰다. 이 집에 와서 내내 자기들끼리 속닥거리던 얘기를 막내가 드디어 꺼냈다. 빙리가 처음 이사 왔을 때 네더필드에서 무도회를 열겠다고 했던 약속을 지키라는 독촉이었다.

리디아는 열다섯 살의 소녀로 혈색이 좋고 시원스런 이목구비에 나이에 비해 성숙한 몸매를 지니고 있었다. 그녀의 어머니는 딸 중에서도 특별히 그녀를 애지중지해서 아직 어린아이인데도 그녀를 사교계에 나가게 했다. 그녀의 타고난 성격은 생기발랄하고 자신감이 넘쳐흘렀다. 그녀는 이모부의 만찬에 초대받은 장교들에게 스스럼없이 분방하게 대했고 그런 그녀의 태도는 장교들의 관심을 자신에게 집중시켜서 그녀의 자신감은 날로 높이 치솟았다. 리디아는 빙리에게 당당하게 무도회 얘기를 꺼내면서 그가 했던 약속을 상기시켰다. 그리고 약속을 지키지 않는다면 그보다 더 수치스러운 일은 없을 거라고 말했다. 갑작스럽게 공격을 당한 빙리는 베넷 부인이 매우 흡족해할 만한 대답을 했다.

"무슨 일이 있어도 반드시 약속을 지키겠습니다. 언니가 회복되면 원하는 날짜를 알려 주시죠. 설마 언니가 아파서 누워 있는데 무도회를 열기를 바라는 건 아니겠죠?"

리디아는 당연히 좋다고 대답했다.

"그럼요. 물론 언니가 나을 때까지는 기다려야죠. 그때쯤이면 분명 카터 대위도 메리턴으로 돌아올 거고, 빙리 씨가 무도회를 열어 주시면 그다음에는 장교들에게도 무도회를 열어 달라고 졸라 댈 거예요. 포스터 대령에게 무도회를 열어 주지 않는 건 굉장히 수치스러운 일이라고 얘기해야죠."

베넷 부인과 두 딸이 떠나자 엘리자베스는 곧바로 제인에게로 돌아갔다. 그녀와 그녀의 가족들의 행동은 두 숙녀와 다아시의 험담거리로 남았다. 빙리 양은 다아시가 엘리자베스의 눈을 아름답다고 했던 말을 꼬투리 삼아 놀려 대면서 엘리자베스를 도마 위에 올려놓았지만 다아시는 그들의 대화에 동조하지 않았다.

10

그날은 전날과 별다를 게 없이 지나갔다. 허스트 부인과 빙리 양은 아침에 몇 시간 동안 환자 곁에서 시간을 보냈다. 제인의 증세는 더디긴 하지만 조금씩 호전되고 있었다. 저녁에 엘리자베스는 응접실에서 그들과 함께 시간을 보냈다. 이날은 카드놀이 테이블이 눈에 띄지 않았다. 다아시는 편지를 쓰고 있었고, 빙리 양은 그의 곁에 앉아서 다아시가 편지 쓰는 모습을 지켜보고 있었다. 그녀는 수시로 다아시의 누이동생에게 전해 달라는 말을 꺼내서 주의를 산만하게 했다. 허스트 씨와 빙리는 피케*를 하는 중이었고, 허스트 부인은 그것을 구경하고 있었다.

엘리자베스는 뜨개질거리를 집어 들고 다아시와 빙리 양이 주고받는 이야기를 흥미롭게 듣고 있었다. 숙녀 편에서는 필체가 훌륭하다, 행간이 일정하다, 편지 길이가 아주 적당하다는 등 끊임없이 칭찬을 해 댔지만, 신사 쪽에서는 일절 반응을 보이지 않아서 그들의 대화는 기묘한 양상을 띠고 있었다. 그것은 엘리자베스가 두 사람의 성격에 대해 짐작하던 것과 정확히 일치하는 광경이었다.

"다아시 양이 이 편지를 받으면 얼마나 기뻐할까요?"

다아시는 그녀의 말에 대답하지 않았다.

"편지를 정말 빨리 쓰시네요."

"잘못 보신 겁니다. 아주 느린 편이죠."

"1년에 편지 쓸 일이 얼마나 많겠어요. 사업상의 편지도 있을 거고. 그런 편지를 쓰는 건 정말 고역일 것 같아요."

"그런 일을 빙리 양이 아닌 제가 하게 된 게 다행이군요."

---

* 카드놀이의 일종이다.

"동생분에게 제가 무척 보고 싶어 한다고 꼭 적어 주세요."

"아까 그렇게 해 달라고 하셔서 벌써 썼습니다."

"펜이 잘 안 써지나 봐요. 제가 고쳐 드릴게요. 전 펜 고치는 데는 재주가 있거든요."

"고맙지만, 제 펜은 항상 제가 고칩니다."

"어머, 어쩜 그렇게 글씨를 고르게 쓰세요?"

다아시는 또 다시 침묵했다.

"동생분에게 하프 연주 실력이 향상된 걸 축하한다고 전해 주세요. 그리고 탁자 도안을 보고 홀딱 반했다는 말도요. 제가 보기엔 그랜틀리 양이 한 것과 비교도 안 될 만큼 훌륭하다고 전해 주세요."

"그 기쁨은 다음 편지에 쓸 수 있도록 허락해 주시겠습니까? 지금은 그 말씀을 써넣을 만한 공간이 없네요."

"그럼요. 별로 중요한 내용도 아닌데요 뭘. 1월에 만나게 될 거구요. 그건 그렇고 동생분에게 늘 그렇게 길고 훌륭한 편지를 쓰시나요, 다아시 씨?"

"대부분 길기는 하지만 훌륭한 편지인지는 제가 판단할 문제가 아니죠."

"긴 편지를 막힘없이 술술 써 내려가는 사람이라면 당연히 내용도 훌륭한 편지를 쓸 거라고 생각해요."

"그건 다아시에겐 어울리지 않는 칭찬인 것 같다, 캐롤라인. 다아시는 편지를 쉽게 써 내려가는 편은 아니거든. 네 음절로 된 단어를 생각해 내느라고 머리를 쥐어짜곤 하지. 안 그런가, 다아시?"

빙리가 큰 소리로 끼어들었다.

"자네와 나는 글 쓰는 방식이 전혀 딴판이지."

"그럼요. 오빠처럼 되는대로 편지를 쓰는 사람은 없을걸요. 단어는 반은 빼먹고, 그나마 쓴 것도 잉크가 번져서 엉망이라니까요."

빙리 양이 오빠를 놀려 댔다.

"글로 미처 표현하기도 전에 생각한 것들이 쏜살같이 흩어지는 걸 내가 어쩌겠니? 그 바람에 편지를 받는 사람에게 내 생각이 전혀 전달되지 않을 때도 있지."

"너무 겸손하셔서 비난하는 사람이 오히려 무안해질 것 같네요, 빙리 씨."

엘리자베스가 말했다.

"겸손을 가장하는 것보다 더 사람을 기만하는 건 없

죠. 그건 자기 견해가 없거나, 은근히 자만심을 드러내는 것일 때가 많아요."

다아시의 말에 빙리가 대꾸했다.

"그럼 자넨 조금 전의 내 겸손을 그 둘 중 어느 쪽이라고 생각하는 건가?"

"은근히 자만심을 드러내는 거라고 생각하네. 자네는 생각하지 않고 글을 쓰는 걸 대놓고 자랑하지 않았나? 그건 자기 자신이 사고력은 신속하지만 표현하는 데는 부족하다고 생각하기 때문이지. 그런 결함이 자랑거리는 아니지만 적어도 매우 흥미로운 특성이라고 믿고 있는 거야. 무슨 일이든 신속하게 처리하는 능력을 가진 사람은 스스로 그 점을 인정하지만, 불완전한 실행 과정에는 신경을 쓰지 않는 경우가 많아. 자네는 오늘 아침 베넷 부인에게 마음만 먹으면 5분 이내에 네더필드를 떠날 수도 있다고 말했어. 그건 자기 자신에 대해 스스로 찬사나 경의를 표한 것과 다름없네. 그렇게 서둘러 떠나면 꼭 필요한 일들을 제대로 처리하지 못할 거고, 자네 자신이나 다른 사람들에게도 이득이 될 게 없는데 그런 행동을 칭찬할 이유는 없지 않은가?"

"자네 너무 지나친 거 아니야? 아침에 아무 생각 없이 한 말을 저녁까지 마음에 담아 두었다가 질책하니 말일세. 하지만 맹세코 내가 나 자신에 대해 한 말은 모두 진심이었네. 지금도 그렇게 믿고 있고. 적어도 숙녀분들 앞에서 나를 과시하기 위해 공연히 내 급한 성격을 자랑한 건 아니란 말일세."

"나도 자네가 그랬을 거라고 믿어. 하지만 자네가 절대로 그렇게 급하게 떠날 리는 없다고 생각하네. 자네는 내가 알고 있는 다른 사람들처럼 매우 우발적으로 행동할 테니 말일세. 그러니까 자네가 말에 올라타고 있는데 한 친구가 '빙리, 다음 주에 떠나는 게 어때?'라고 하면 자네는 십중팔구 그 친구의 말에 따를 거란 말이지. 아니, 그 친구가 한 번 더 말리면 한 달 동안 더 머물러 있을지도 모르지."

"지금 하신 말씀으로 증명된 건 빙리 씨가 자신의 성격을 스스로 폄하하셨다는 사실뿐이로군요. 결국 빙리 씨 자신보다 다아시 씨가 빙리 씨를 더 칭찬하신 격이 됐네요."

엘리자베스가 나섰다.

"정말 감사합니다. 제 친구가 저를 질책한 말을 오히려 제가 정이 많은 사람이라는 칭찬으로 바꿔 놓으시네요. 하지만 엘리자베스 양은 저 신사분의 의도를 완전히 오해하신 것 같습니다. 저 친구는 그런 상황에서 제가 친구의 부탁을 단호하게 거절하고 최대한 빨리 떠나야만 저를 더 높이 평가할 테니까요."

"그럼 다아시 씨는 한번 성급한 결정을 내렸으면 그걸 끝까지 밀고 나가는 게 잘못을 만회할 수 있는 방법이라고 생각하시는 건가요?"

"그 문제는 제가 정확하게 설명하기 어렵군요. 다아시가 직접 얘기하는 게 맞을 것 같습니다."

"자네는 내가 인정하지도 않은 걸 멋대로 내 의견이라고 단정하고 내게 설명을 요구하는군. 하지만 베넷 양의 표현이 맞다고 해도 기억하셔야 할 게 있습니다. 빙리에게 떠날 계획을 미루고 집으로 돌아오라고 권유한 친구는 단지 그걸 바랐던 것뿐이지 그것이 적절한 행동인가에 대해서는 한마디도 언급하지 않았다는 사실 말입니다."

"그러니까 다아시 씨는 친구의 권유를 이유도 따지지

않고 선뜻 받아들이는 행동을 미덕으로 보지 않는다는 말씀이군요."

"확신 없이 친구의 말을 따른다면 두 사람의 사고력이 온전하다고 볼 수 없겠죠."

"다아시 씨는 우정과 애정의 힘을 조금도 인정하지 않는 것 같군요. 하지만 부탁하는 사람을 배려한다면 굳이 이유를 듣지 않고도 그 부탁을 들어줄 수 있는 것 아닌가요? 특별히 빙리 씨의 경우를 놓고 이런 말을 하는 건 아니에요. 빙리 씨의 행동이 신중한 것이었는지 따지려면 실제로 그런 경우가 발생할 때까지 기다려야 할 것 같군요. 일반적인 상황을 가정해 보죠. 어떤 사람이 친구에게 결심을 번복해 달라는 부탁을 할 때, 아주 중요한 문제가 아닌 경우 굳이 이유를 듣지 않고 그 부탁을 들어준다고 합시다. 그때 다아시 씨는 그 사람을 나쁘게 생각하실 건가요?"

"이 문제에 대해 더 논의하기 전에 두 친구가 얼마나 친밀한 사이인지, 그 부탁이 얼마나 중요한 일인지 좀 더 명확하게 규정해야 할 것 같군요."

빙리가 맞장구를 치며 나섰다.

"맞아, 그게 좋겠어. 그럼 구체적인 사실들을 따져 봅시다. 두 사람의 키나 몸무게 같은 것도 빠뜨리면 안 됩니다, 베넷 양. 이런 문제에서 그런 사소한 요소들이 큰 영향력을 행사하니까요. 다아시가 나보다 훨씬 더 키가 크지 않았다면 제가 지금의 반만큼도 저 친구를 두려워하지 않았을 겁니다. 어떤 때는 다아시가 무서울 때도 있어요. 다아시가 집에 있을 때, 특히 다아시가 한가한 일요일 저녁 같은 때가 그렇답니다."

다아시는 그의 농담에 웃어 보였지만, 엘리자베스는 그가 약간 기분이 상했다는 걸 눈치채고 웃음을 자제했다. 빙리 양은 오빠에게 말도 안 되는 소리로 다아시 씨를 모욕했다고 분개하면서 오빠에게 핀잔을 주었다.

"자네 속셈이 뻔히 들여다보이는군. 자네는 토론을 싫어하니까 이 얘기를 중단하려는 거 아닌가?"

다아시가 겸연쩍게 말했다.

"그럴지도 모르지. 토론이나 논쟁이나 별다를 게 없거든. 내가 이 방에서 나갈 때까지 자네와 베넷 양이 토론을 미뤄 준다면 나로서는 아주 고마운 일이지. 내가 나간 후에는 나에 대해 어떤 말을 하든지 상관하지 않겠네."

"그 부탁을 들어 드리는 건 조금도 어려운 일이 아니죠. 그리고 다아시 씨는 쓰던 편지를 마저 쓰시는 게 좋겠네요."

다아시는 그녀의 말대로 편지를 마저 끝냈다.

편지를 쓰고 나자 다아시는 빙리 양과 엘리자베스에게 음악을 들려 달라고 청했다. 빙리 양은 민첩하게 피아노 앞으로 가서 엘리자베스에게 정중하게 먼저 연주를 권했다. 하지만 엘리자베스는 예의를 갖춰 사양했고, 빙리 양이 먼저 피아노 의자에 앉아 연주를 시작했다. 허스트 양과 그녀의 동생이 노래를 부르는 동안 엘리자베스는 피아노 위에 놓여 있는 악보를 뒤적거리고 있었다. 그녀는 다아시의 눈길이 자주 자신에게 머무는 것을 느꼈다. 그녀는 자신이 그렇게 대단한 사람의 관심 대상이 될 거라고는 생각할 수 없었다. 그렇지만 자기가 싫어서 쳐다본다는 건 더더욱 이상한 노릇이었다. 그녀는 다아시가 자신에게 신경을 쓰는 이유는 함께한 사람들과 달리 자신에게 흠잡을 만한 점이 있기 때문일 거라고 결론을 내렸다. 그렇다고 그녀가 특별히 기분이

상한 것은 아니었다. 다아시에게 전혀 호감을 가지고 있지 않는 그녀로서는 그의 인정을 받아야 할 이유도 없었다.

빙리 양은 이탈리아 가곡을 몇 곡 연주하고 나서, 분위기를 바꿔 경쾌한 스코틀랜드 민요를 연주했다. 잠시 후 다아시가 엘리자베스에게 다가와서 말을 건넸다.

"베넷 양, 릴*을 출 수 있는 좋은 기회를 즐기지 않으시겠습니까?"

그녀는 아무 대답 없이 미소만 지었다. 그는 그녀가 아무 대답도 하지 않는 것에 약간 당황해하며 다시 춤을 청했다.

"아! 그 말씀을 못 들은 건 아니에요. 어떻게 답변해야 할지 망설이고 있었죠. 제가 청을 받아들이면 제 취향을 경멸하는 데서 오는 즐거움을 위해 그런다는 걸 알고 있으니까요. 하지만 전 그렇게 의도적으로 저를 경멸하려는 사람의 계략을 뒤집어엎는 데서 즐거움을 느낀답니다. 그러니까 전 릴을 출 마음이 전혀 없다고

---

* 스코틀랜드 고지인의 경쾌한 춤이다.

대답하기로 결정했다는 말씀입니다. 자, 이제 저를 경멸할 수 있으면 마음대로 경멸해 보세요."

"그럴 마음은 조금도 없습니다."

다아시가 몹시 모욕감을 느낄 거라고 예상했던 엘리자베스는 그가 의외로 태연하게 대답하자 놀라지 않을 수 없었다. 그녀는 상대방의 기분이 상하지 않도록 에둘러 가며 장난기를 섞어 말하는 성격이었기 때문에 그녀의 말에 모욕감을 느끼는 사람은 없었다. 다아시는 오히려 그녀에게서 지금까지 어떤 여자에게서도 느끼지 못했던 강렬한 매력을 느꼈다. 그녀의 집안이 그렇게 열등하지만 않았다면, 자신이 그녀에게 정신없이 빠져들 위험에 처했을 거라고 생각했다.

빙리 양은 두 사람의 수상쩍은 모습을 보고 질투심이 발동했다. 제인이 회복해서 한시라도 빨리 엘리자베스가 떠났으면 좋겠다는 생각에 몸이 달아올랐다.

그녀는 일부러 다아시와 엘리자베스의 결혼을 가정하고, 그런 집안끼리의 만남이 과연 행복할 수 있을 것인지 화제를 유도했다. 그런 대화를 하다 보면 다아시가 그녀를 싫어하게 될 거라고 생각해서였다.

다음 날 다아시와 함께 관목 숲을 산책하고 있을 때 빙리 양이 말했다.

“만일 그런 경사스러운 일이 있게 된다면 장모님께 몇 마디 귀띔을 해 드려야 하실걸요. 말씀을 자제하시는 편이 여러모로 이득이라고 말이죠. 그 문제가 해결되고 나면 어린 처제들에게 장교 뒤를 쫓아다니는 버릇을 고치라고 단단히 타이르셔야겠네요. 이건 말씀드리기 좀 민감한 문제지만, 부인께서 오만하고 무례한 태도를 자제하시도록 신경을 쓰셔야 할걸요.”

“제 가정의 행복을 위해서 더 하실 말씀은 없으신가요?”

“아니요, 더 있어요. 필립스 이모 내외분의 초상화를 펨벌리 화랑에 걸어 놓으셔야죠. 판사이셨던 증조부님 초상화 바로 옆자리에 걸어 놓으세요. 그분들은 같은 직업을 갖고 계시니까요. 물론 분야가 아주 다르긴 하지만. 아, 그리고 엘리자베스 양의 초상화는 그릴 생각도 하지 마세요. 어떤 화가인들 그렇게 아름다운 눈을 제대로 그려 낼 수 있겠어요?”

“사실 그 눈의 표정을 담아내기란 쉽지 않은 일이겠

죠. 하지만 뛰어나게 아름다운 눈 색깔과 모양, 속눈썹을 똑같이 그려 내는 건 가능할 겁니다."

마침 그때 두 사람은 다른 산책로를 걸어오던 허스트 부인과 엘리자베스와 마주쳤다.

"두 분이 산책하고 계신 줄 몰랐네요."

빙리 양은 혹시 자기가 한 말을 그들이 들었을까 봐 약간 당황해하며 말했다.

허스트 부인이 대답했다.

"그런 법이 어디 있니? 나간다는 말도 없이 빠져나오고."

그녀는 그렇게 말하고 나서 다아시의 한쪽 팔을 자신의 팔에 끼었다. 엘리자베스는 뒤로 처진 채 혼자 걷게 되었다. 산책로는 세 사람이 간신히 걸을 수 있을 만한 길이었다. 다아시는 그들의 행동이 예의에 어긋난다고 생각해서 다급하게 말했다.

"이 길은 네 사람이 걷기에는 너무 좁은 것 같군요. 가로수 길로 가는 게 좋을 것 같습니다."

하지만 엘리자베스는 그들과 함께 있고 싶은 마음이 전혀 없었기 때문에 큰 소리로 웃으며 말했다.

"아니에요. 가던 길 계속 가세요. 세 분이 함께 계신 모습이 정말 보기 좋네요. 네 번째 사람이 끼어들면 그림을 망칠 것 같아요. 그럼 안녕히 가세요."

그녀는 조만간 집으로 돌아갈 수 있다는 기대에 부풀어 즐거운 발걸음으로 주변을 산책했다. 제인은 그날 저녁 두 시간 정도 방에서 나올 수 있을 정도로 몸이 많이 회복되었다.

11

저녁 식사가 끝나고 숙녀들이 물러가고 나자 엘리자베스는 곧 언니에게 뛰어 올라가 춥지 않게 옷을 단단히 입히고 응접실로 데리고 갔다. 그녀의 두 친구들은 무척 반가워하며 그녀를 맞이했고, 그 방에 신사들이 등장할 때까지는 엘리자베스는 지금껏 보지 못했던 유쾌한 모습을 보여 주었다. 그들은 화려한 말솜씨로 파티의 여러 가지 장면을 정확하게 묘사하는가 하면, 재미난 일화를 실감나게 늘어놓기도 하고, 아는 사람의 험담을 교묘하게 늘어놓으며 웃음을 터뜨리기도 했다.

그러나 신사들의 등장과 동시에 제인은 그들의 관심 밖으로 밀려났다. 빙리 양의 시선은 곧장 다아시에게로 집중되었고, 그가 몇 발짝 떼기도 전에 할 말이 너무 많아 입이 근질거리는 모양이었다. 다아시는 제인에게 회복된 것을 축하한다며 정중하게 인사를 건넸다. 허스트 씨 역시 그녀에게 가볍게 목례를 보내며 기쁨을 표시했다.

가장 장황하고 열렬하게 축하 인사를 건넨 사람은 빙리였다. 그는 기쁜 표정을 감추지 못하며 온갖 친절을 베풀었다. 처음 30분 동안은 제인이 방을 옮겨서 행여 추위를 느낄까 봐 벽난로에 장작을 쌓아 올리느라 여념이 없었고, 그녀가 문에서 멀리 떨어진 쪽으로 자리를 옮기도록 세심하게 배려했다. 그런 다음에는 제인의 옆자리에 앉아서 거의 그녀하고만 대화를 나눴다. 엘리자베스는 반대편 구석에 앉아 뜨개질을 하며 그런 모습을 흐뭇하게 바라보고 있었다.

차를 마시고 나자 허스트 씨는 처제에게 카드놀이를 하자는 신호를 보냈지만 아무런 반응이 없었다. 빙리 양은 다아시가 카드놀이를 좋아하지 않는다는 정보를 은밀히 수집해 두었던 것이다. 그래서 허스트 씨가 공개적으로 카드놀이를 제안했을 때도 당연히 거절했다.

그녀는 아무도 카드놀이를 하고 싶어 하지 않는다고 말했고, 그 말을 증명이라도 하듯이 모두들 침묵을 지켰다. 할 일이 없어진 허스트 씨는 소파에 드러누워 잠이 들었다. 다아시는 책을 집어 들었고, 빙리 양도 따라서 책을 펼쳤다. 허스트 부인은 팔찌와 반지를 만지작거리면서 이따금 그녀의 동생과 베넷 양이 나누는 대화에 말참견을 했다.

빙리 양은 자신이 읽고 있는 책보다 다아시가 책을 읽는 속도에 신경을 곤두세우고 있었다. 그녀는 쉴 새 없이 질문을 하거나 다아시가 읽고 있는 책의 페이지를 들여다보며 그의 주의를 끌려고 애썼지만 그를 대화에 끌어들이지는 못했다. 다아시는 그녀의 질문에 마지못해 대꾸하는 척하면서 계속 책만 읽고 있었다. 빙리 양은 책을 읽은 척하다 지루함을 견디지 못하고 늘어지게 하품을 했다. 다아시가 읽고 있는 책의 바로 다음 권이라는 이유만으로 골라 든 책이니 눈에 들어올 리가 없었다. 그런데도 입으로는 이렇게 말했다.

"이렇게 저녁 시간을 보내는 것도 정말 좋은걸요. 독서만큼 훌륭한 취미 생활은 없다니까요. 독서처럼 싫증

나지 않는 일도 없어요. 내가 집을 갖게 되면 반드시 훌륭한 서재를 꾸밀 생각이에요."

그녀의 말에 아무도 대꾸하지 않았다. 그러자 그녀는 다시 하품을 하더니 책을 옆으로 밀어 놓고 뭔가 재미있는 걸 찾아 방 안을 두리번거렸다. 그러다가 자기 오빠가 제인에게 무도회에 대해 얘기하는 걸 듣고 갑자기 뒤를 돌아보며 참견을 했다.

"그런데 오빠, 정말 네더필드에서 무도회를 열 생각이에요? 결정하기 전에 여기 있는 사람들의 의견을 들어 보는 게 좋지 않겠어요? 내가 잘못 생각한 게 아니라면 여기 있는 사람 중에 무도회가 조금도 즐겁지 않고 오히려 벌받는 것처럼 고통스러운 사람도 있을 것 같은데 말이에요."

"지금 다아시 얘길 하는 거니? 정 그렇다면 무도회가 시작되기 전에 잠자러 가도 난 상관하지 않을 거다. 무도회는 이미 결정된 일이야. 니콜스가 화이트 수프를 충분히 만들고 나면 곧 초대장을 돌릴 거야."

"무도회를 좀 다른 방식으로 진행하면 훨씬 더 낫지 않겠어요? 평범한 무도회는 지루해서 참기 힘들거든요.

춤을 추는 대신 대화를 나누게 하면 훨씬 더 건전하지 않을까요?"

"그럼 건전하기는 하겠다만, 그런 모임을 무도회라고 할 수 있겠니?"

빙리 양은 오빠의 말에는 대답하지 않고 갑자기 자리에서 일어나더니 방 안을 이리저리 걸어다니기 시작했다. 다아시에게 자신의 날씬한 몸맵시와 우아한 걸음걸이를 과시하려는 속셈이었다. 하지만 정작 당사자인 다아시는 책에서 얼굴을 떼지 않았다. 그녀는 자신의 목적이 좌절되자 처참한 기분으로 다른 방법을 궁리했다. 그러다가 엘리자베스에게 말했다.

"엘리자 베넷 양, 저처럼 방 안을 한 바퀴 돌아보는 게 어때요? 같은 자세로 오래 앉아 있다가 일어나서 걸으면 확실히 기분 전환이 되거든요."

엘리자베스는 그녀의 갑작스러운 제안에 어리둥절했지만 곧 자리에서 일어섰다. 빙리 양은 정중하게 엘리자베스를 끌어들이는 방법으로 소기의 목적을 달성할 수 있었다. 다아시가 고개를 들고 그녀들에게 눈길을 주었던 것이다. 다아시 역시 엘리자베스만큼이나 그녀의 제안이 엉뚱하다고 생각해서 자기도 모르게 책을 덮고 그들을 쳐다보았다. 빙리 양은 다아시에게도 일어나서 같이 걷자고 말했다.

그러나 그는 그녀의 제안을 거절하면서 두 사람이 방 안을 걸어다니는 두 가지 목적이 무엇인지 짐작은 가지만, 자기가 함께 걸으면 그 목적에 방해가 될 거라고 말했다. 빙리 양은 다아시가 무슨 뜻으로 그런 말을 하는지 궁금했다. 그래서 엘리자베스에게 그의 말이 이해되느냐고 물었다.

"아뇨, 전혀 모르겠는데요. 하지만 틀림없이 우리를 혹독하게 비난하려는 거겠죠. 다아시 씨를 실망시킬 수 있는 확실한 방법은 아무것도 묻지 않는 거예요."

그러나 빙리 양은 어떤 일이든 다아시를 실망시키는 일은 할 수 없었다. 그래서 그녀는 끈질기게 두 가지 목적이란 게 무슨 뜻이냐고 물었다.

그녀가 졸라 대는 바람에 어쩔 수 없이 다아시가 말했다.

"설명드리지 못할 이유는 없습니다. 두 분이 이런 식으로 저녁 시간을 보내기로 한 건 두 분 사이에 은밀하게 의논할 일이 있거나 아니면 걸을 때 자신의 모습이 가장 매력적이라고 생각해서겠죠. 첫 번째 이유라면 제가 전적으로 방해가 될 테고, 두 번째 이유라면 난롯가에 앉아서 두 분의 자태를 감상하는 게 훨씬 좋을 테니까요."

"세상에! 그렇게 모욕적인 말은 처음 들어 봐요. 그렇게 무례한 말씀을 하시다니 어떻게 벌을 드려야 할지 모르겠군요."

빙리 양이 당황한 듯 큰 소리로 말했다.

"그럴 마음만 먹는다면 그렇게 쉬운 일도 없죠. 벌주는 방법은 얼마든지 있잖아요. 다아시 씨를 놀려 드릴 수도 있고, 아니면 비웃어 드릴 수도 있죠. 두 분은 친한 사이니까 어떻게 하는 게 좋은지 잘 아실 텐데요."

엘리자베스의 말에 빙리 양이 대답했다.

"아뇨, 저도 몰라요. 그런 걸 알 만큼 친한 사이는 아니에요. 하지만 저렇게 침착하고 냉정한 분을 어떻게 놀려 줄 수 있겠어요? 그건 안 될 말이죠. 그래 봤자 눈 하나 깜짝하지 않을 텐데요. 비웃어 주는 것도 그래요. 그럴 만한 일도 없는데 비웃어 주려고 해 봤자 우리만

우스운 꼴이 될걸요. 오히려 다아시 씨만 좋아하게 만들 거예요."

"다아시 씨에게 비웃어 줄 만한 점이 전혀 없단 말인가요? 그렇다면 그건 정말 찾아보기 힘든 장점이네요. 저는 세상에 그런 사람이 많지 않았으면 좋겠어요. 그런 사람이 많으면 웃을 일이 줄어들 테니까 제겐 엄청난 손해죠. 전 웃는 걸 정말 좋아하거든요."

엘리자베스가 비꼬는 말을 듣고 다아시가 말했다.

"빙리 양은 저를 너무 높이 평가하시는군요. 아무리 현명하고 훌륭한 남자라도, 아니 어떤 현명하고 훌륭한 행동이라도, 인생에서 웃는 걸 목표로 삼는 사람에게는 웃음거리가 될 수 있는 법이죠."

"맞는 말씀이세요. 분명 그런 사람들이 있긴 하죠. 하지만 전 그런 사람이 아니길 바랍니다. 전 현명하고 좋은 사람을 비웃는 짓은 절대 하지 않으니까요. 하지만 어리석고 이치에 맞지 않는 행동이나 변덕스럽고 앞뒤가 맞지 않는 행동은 언제나 저에게 웃음거리를 선사해 주죠. 할 수만 있다면 그런 행동들은 실컷 비웃어 준답니다. 다아시 씨에게는 이런 약점이 없는 게 분명하군요."

"세상에 그런 약점이 없는 사람은 없을 겁니다. 하지만 저는 현명함이 지나쳐서 남들의 웃음거리가 되는 약점을 피하기 위해 평생 노력해 왔습니다."

"허영심이나 오만 같은 걸 말씀하시는 건가요?"

"그렇습니다. 허영심이야말로 분명한 약점이죠. 하지만 진정한 의미에서 훌륭한 지성을 갖춘 사람이라면 오만함을 적절하게 통제할 수 있다고 생각합니다."

엘리자베스는 웃음을 들키지 않으려고 시선을 다른 곳으로 돌렸다.

"이제 다아시 씨에 대한 심문이 끝나셨나요? 그 결과를 말해 줄래요?"

빙리 양이 말했다.

"저는 다아시 씨에게는 전혀 결점이 없다고 절대적으로 확신합니다. 다아시 씨 자신도 솔직하게 인정하셨구요."

"아닙니다. 전 결코 그런 허세를 부린 적이 없습니다. 저 역시 결점이 많은 사람입니다. 단지 그것이 지성에 관한 결점이 아니길 바랄 뿐이죠. 저의 성격에 대해서는 저도 보증할 수 없습니다.

사실 제겐 배려심이 부족합니다. 세상을 편하게 살아가기엔 너무 고집이 세죠. 저는 다른 사람들의 어리석은 행동이나 부족한 점을 빨리 잊지 못합니다. 저에게 무례한 사람들의 행동 역시 마찬가지죠. 그런 감정을 없애려고 아무리 애를 써도 쉽사리 사라지지 않더군요. 저는 남을 잘 용서하지 못하는 성격인 것 같습니다. 한번 잘못 본 사람은 끝까지 좋아할 수가 없으니까요."

"그건 확실한 결점인 것 같네요. 한번 품은 분노를 적절하게 풀지 못하는 건 분명 성격적인 결함이죠. 하지만 결점을 정말 잘 집어내셨네요. 전 그런 결점은 어떻게 비웃어야 하는지 모르겠어요. 그러니까 제가 비웃을 거라고 걱정하지 않으셔도 될 것 같아요."

"모든 사람에게는 특별한 결함으로 기울어지는 성향이 있다고 봅니다. 아무리 훌륭한 교육을 받아도 고칠 수 없는 선천적인 결함 같은 것 말이죠."

"그렇다면 다아시 씨의 결점은 모든 사람을 싫어한다는 점이겠군요."

"그리고 베넷 양의 결점은 고의적으로 사람들을 오해하는 거구요."

다아시가 웃으며 대꾸했다.

빙리 양은 두 사람이 자신이 끼어들 수 없는 대화를 나누는 게 못마땅한지 큰 소리로 두 사람의 대화에 끼어들었다.

“이제 그만하고 음악을 듣는 게 어떨까요? 언니, 형부 깨워도 되겠어?”

그녀의 언니는 괜찮다고 말했다. 피아노 뚜껑이 열리고 연주가 시작되었지만, 다아시는 대화가 중단된 걸 서운하게 생각하지 않았다. 그는 자신이 엘리자베스에게 지나치게 관심이 쏠려 있다는 걸 깨닫고 위험하다고 느꼈다.

12

다음 날 아침 엘리자베스는 언니와 의논한 끝에 어머니에게 그날 중으로 마차를 보내 달라는 편지를 보냈다. 그러나 베넷 부인은 제인이 네더필드에 간 지 꼭 일주일이 되는 다음 주 화요일까지 두 딸이 그곳에 머물 거라고 예상했기 때문에 그 전에 돌아온다는 기별이 전혀 달갑지 않았다. 베넷 부인의 답장은 집에 가고 싶어서 조바심이 난 엘리자베스에게는 반가운 소식이 아니었다. 베넷 부인은 다음 주 화요일까지는 마차를 보내 줄 형편이 못 된다면서 빙리 씨와 그의 누이들이 더 머물러 달라고 하면 그때까지 돌아오지 않아도 괜찮다고 덧붙였다. 그러나 엘리자베스는 더 이상 그곳에 머물지 않겠다고 확실하게 마음을 먹었고 그들이 더 머물러 달라고 할 거라고 생각하지도 않았다. 필요 이상 오래 머무르는 것은 그들의 사생활을 방해하는 일인 것 같았다. 엘리자베스는 제인에게 빙리 씨에게 마차를 빌려서 집으로 돌아가자고 졸랐다. 다음 날 아침, 마침내 두 자매는 떠나기로 한 계획을 빙리 씨에게 알리고 마차를 부탁하기로 했다.

떠나겠다는 의사를 밝히자 집주인들은 염려의 말을 늘어놓으며 적어도 다음 날까지는 머물러 달라고 간곡하게 부탁했다. 그들의 말을 듣고 제인의 마음이 흔들리는 바람에 결국 출발은 다음 날로 연기되었다. 빙리 양은 출발을 미루라고 권유했던 걸 후회했다. 엘리자베스를 질투하는 감정이 제인을 좋아하는 마음보다 더 강하게 작용했기 때문이었다.

집주인은 그들이 그렇게 빨리 떠나는 걸 못내 아쉬워하며 베넷 양이 아직 완전히 회복된 상태가 아니기 때문에 떠나는 건 안전하지 않다고 설득하려 했지만, 제인은 자신이 옳다고 생각하는 일을 실행할 때는 매우 단호했다.

다아시에게는 반가운 소식이었다. 그는 엘리자베스가 이 집에 너무 오래 머무른다고 생각했다. 자신의 의지와는 달리 그녀에게 점점 마음을 빼앗기고 있는 것 같아 두려워지기 시작했다. 빙리 양은 엘리자베스에게 무례하게 대했고, 평소보다 더 자신을 짓궂게 괴롭히는 것 같았다. 그는 엘리자베스에게 그녀에 대한 자신의 애정을 드러내지 않는 게 현명한 행동이라고 판단했다. 자신의 행동이 그의 기분을 좌우한다는 걸 알고 엘리자베스가 자만심을 갖게 될지도 모르는 일이었다. 그런 위험을 피하려면 마지막 하루 동안 특별히 조심해야 한다고 단단히 마음먹었다. 그날 하루 동안 자신의 행동이 엘리자베스가 자신의 애정을 확인하거나 부정하는 데 중요한 영향을 줄 거라고 생각했다. 그는 자신의 계획을 충실하게 이행하기 위해서 토요일 내내 그녀에게 채 열 마디도 건네지 않았다. 두 사람이 30분가량 단둘이 있게 되었을 때에도 그는 일부러 얼굴을 책에 파묻은 채 그녀에게 고개조차 돌리지 않았다.

일요일 아침 예배가 끝난 후 대부분의 사람들이 고대하던 작별 시간이 되었다. 빙리 양은 갑자기 제인에 대한 애정이 샘솟기라도 한 것처럼 그녀를 다정하게 포옹하며 언제고 롱본이나 네더필드에서 다시 만나기를 바란다고 말했다. 그리고 엘리자베스에게는 공손하게 악수를 청했다. 엘리자베스는 쾌활하게 그들과 작별 인사를 나눴다.

집으로 돌아온 딸들은 어머니에게서 따뜻한 환영을 받지 못했다. 베넷 부인은 딸들이 갑자기 돌아온 걸 놀라워하며 빙리 씨의 마차까지 빌려 타고 오다니 너무 폐를 끼쳤다고 걱정스러워했고, 제인이 다시 감기에 걸렸으면 어떻게 하느냐고 나무라는 말투였다. 아버지는 별로 말을 많이 하지는 않았지만 두 딸이 돌아온 걸 진심으로 기뻐하는 것 같았다. 집안에서 그들이 얼마나 중요한 존재인지 새삼 느꼈다며, 제인과 엘리자베스가 없으니까 저녁 시간에 가족들이 모여 있을 때에도 대화에 활기도 없고 내용도 빈약했다고 말했다.

메리는 평소와 다름없이 통주 저음법*과 인간 본성에 관한 연구에 몰두하고 있었다. 그리고 새로운 인용문을

---

* 건반 악기 주자가 저음 위에 즉흥으로 화음을 보충하면서 반주 성부를 완성시키는 방법이다.

발췌해서 혼자 연신 감탄하며 진부한 도덕론의 글귀를 가족들에게 읊어 주었다. 캐서린과 리디아는 전혀 다른 방면의 정보를 알려 주었다. 지난주 수요일부터 부대 안에서는 많은 사건이 일어났고 새로운 이야깃거리도 많았다. 장교 몇 명이 최근에 이모부와 저녁 식사를 했고, 졸병 하나가 매질을 당했고, 포스터 대령이 곧 결혼할 거라는 소문이 났다고 했다.

13

“오늘 저녁은 좀 특별하게 준비하구려. 우리 식구 외에 한 사람이 더 올 것 같아서 하는 말이요.”

다음 날 아침 식사 시간에 베넷 씨가 아내에게 말했다.

“누가 오기로 했는데요? 올 사람이 아무도 없는데. 샬럿 루카스가 갑자기 들른다면 모를까. 우리 집 식사야 그 애한테는 훌륭하죠. 자기 집에서도 그런 음식은 자주 못 먹을 테니까요.”

“내가 말하는 사람은 신사분이고, 우리 집에 처음 오는 사람이요.”

베넷 부인의 눈이 반짝거렸다.

“신사고 우리 집에 처음 오는 사람이라고요? 그럼 빙

리 씨겠네요. 틀림없어요. 제인, 너 어쩜 한마디도 귀띔을 안 해 줬니? 앙큼한 것 같으니라고. 빙리 씨가 온다면야 더 이상 반가울 데가 없지. 그런데 이를 어쩐다. 오늘은 생선을 한 마리도 구할 수 없는데. 리디아야, 전화 좀 걸어라. 당장 힐에게 얘기해야겠다."

"빙리 씨가 아니요. 내가 지금껏 한 번도 만난 적이 없는 사람이라고 했지 않소."

그의 말에 식구들은 모두 놀랐다. 베넷 씨는 아내와 다섯 딸들에게서 동시에 열띤 질문 공세를 받느라 즐거운 비명을 질렀다.

잠시 그들의 호기심을 즐기던 베넷 씨가 설명했다.

"한 달쯤 전에 이 편지를 받았소. 그리고 보름 전에 답장을 보냈지. 그게 좀 복잡한 문제라서 빨리 조치를 취하는 게 좋다고 생각한 거요. 내 사촌인 콜린스 씨가 보낸 편지인데 그 사람은 내가 죽은 후에 마음만 먹으면 우리 식구들을 이 집에서 내쫓을 수도 있는 사람이요."

"맙소사! 여보, 도저히 참고 들어 줄 수가 없네요. 제발 그 끔찍한 사람 얘기는 그만두세요. 당신 재산을 우리 자식이 아닌 다른 사람에게 빼앗겨야 한다니 그렇게 가혹한 일이 어디 있어요? 내가 당신이라면 무슨 수를 써도 벌써 오래전에 썼을 거예요."

베넷 부인이 큰 소리로 불평을 늘어놓았다.

엘리자베스는 어머니에게 한정 상속에 대해 설명하려고 했다. 이전에도 몇 번이나 시도했던 일이었지만, 베넷 부인의 머리로는 도저히 이해할 수 없는 일이었다. 그녀는 딸이 다섯 명이나 되는데 알지도 못하는 남자에게 재산을 빼앗기는 건 너무 억울한 일이라면서 분통을 터뜨렸다.

"그건 분명 부당한 일이지. 콜린스 씨도 롱본을 상속하게 되면 죄책감을 씻을 수는 없을 거요. 하지만 편지 내용을 읽어 보면 당신도 그 사람의 심정을 이해하게 될 거요. 그러면 당신 마음도 조금은 누그러질 테고."

"아뇨. 난 절대 안 읽을 거예요. 편지를 쓴다는 것 자체가 뻔뻔하고 위선적인 행동이잖아요. 난 그렇게 겉으로만 친구인 척하는 인간은 꼴도 보기 싫어요. 차라리 자기 아버지처럼 당신하고 싸우는 편이 낫죠."

"당신도 편지를 읽어 보면 그 사람도 자식 된 도리로 고민이 많았다는 걸 알 수 있을 거요."

켄트주 웨스터햄 시외 헌스퍼드에서

10월 15일

친애하는 베넷 씨께

선친과 어르신 사이에 있었던 불화에 대해 저는 늘 마음이 불편했습니다. 그리고 불행하게도 아버지가 돌아가신 후로 저는 두 분의 관계를 회복하기로 마음먹었습니다. 하지만 부친과 늘 소원하게 지내시던 분을 가깝게 대하는 것이 선친께 불효하는 것은 아닌지 염려되어 한동안 연락을 드리지 못했습니다.

"여보, 바로 이 부분이요."

하지만 이제 그 문제에 관해 마음의 결정을 내리게 되었습니다. 다름 아니라 제가 부활절에 안수를 받고 다행스럽게도 루이스 드 버그 경의 미망인이신 캐서린 드 버그 영부인의 후원을 받아 그분의 은덕으로 교구의 귀한 목사직을 맡게 되었습니다. 저는 그분에 대한 감사와 존경을 잊지 않고 올바르게 처신하고 국교회에서 제정한 의례와 의식을 수행할 만전의 준비가 되어 있습니다. 또한 저는 성직자로서 제 교구 안에 있는 모든 가정에 평화와 은총이 깃들도록 노력하는 것이 저의 의무라고 생각하고 있습니다.
이런 이유로 저의 제안을 가상하게 여겨 주시기를 바라며, 제가 롱본의 한정 상속인이 되는 상황을 너그럽게 이해해 주시기 바랍니다. 또한 제가 드리는 올리브 가지*를 거절하지 않으실 것을 부탁드립니다. 제가 어르신의 훌륭한 따님들에게 피해를 드리게 된 점에 대해 우려를 표명하며 깊이 사과드리고 싶습니다. 그리고 제가 할 수 있는 대로 보상해 드릴 것을 약속드립니다. 이 점은 차후에 자세히 말씀드리겠습니다.
방문하는 것을 허락해 주신다면, 11월 18일 월요일 4시에 찾아뵙고 그다음 주 토요일까지 신세를 질까 합니다. 캐서린 영부인께서 다른 목사가 제 대신 임

* 화해의 말이나 행위이다.

무를 수행하도록 조정할 수만 있으면 가끔 일요일에 자리를 비우는 것을 전혀 괘념치 않으시기 때문에 별문제 없이 제 계획대로 할 수 있을 것 같습니다. 부인과 따님들께도 안부 전해 주시기 바라며 이만 줄입니다.

윌리엄 콜린스

"그러니까 오늘 오후 4시에 이 청년이 화해를 청하러 우리 집을 방문한단 말이요."

베넷 씨가 편지를 접으며 말했다.

"틀림없이 아주 양심적이고 예의 바른 청년일 거야. 우리에게도 좋은 이웃이 될 거고 말이요. 물론 캐서린 영부인이 관대하게 이 청년이 우리를 다시 방문할 수 있도록 허락해 주셔야 가능한 일이겠지만."

"우리 딸들에게 보상해 줄 생각이 있다는 걸 보니 경우는 좀 있는 사람 같군요. 그런 생각이라면 굳이 막을 필요는 없죠."

"우리 몫을 어떻게 보상해 주겠다는 건지 짐작은 안 가지만 그 의도만큼은 훌륭하네요."

엘리자베스는 캐서린 영부인에 대한 콜린스의 특별한 존경심과 필요할 때는 언제든지 교구민들의 세례식과 결혼식과 장례식을 주관하겠다는 말을 듣고 그를 아주 특이한 사람이라고 생각했다.

"정말 별난 사람인 것 같아요. 도대체 어떤 사람인지 파악이 안 되네요. 문체를 보면 너무 격식을 차리고 과장되어 있잖아요. 자기가 한정 상속자인 걸 사과한다는 건 또 무슨 말이죠? 그럴 수 있다고 하더라도 상속권을 포기할 리는 없잖아요. 정말 상식이 있는 사람일까요?"

"글쎄다. 그럴 것 같지는 않구나. 오히려 그 정반대일 것 같다. 이 편지를 보면 비굴한 성격과 자만심이 뒤섞여 있어서 아주 흥미로운 인물일 것 같지 않니? 하여튼 빨리 만나 보면 좋겠구나."

"작문 수준을 평가하자면 흠잡을 데가 없어요. 올리브 가지에 대한 비유는 그다지 독창적인 건 아니지만 아주 적절하게 사용된 것 같아요."

메리가 나섰다.

캐서린과 리디아에게는 편지나 편지를 쓴 장본인 둘 다 전혀 관심의 대상이 아니었다. 그들의 사촌이 진홍색 군복을 입고 올 가능성은 거의 없었다. 그들은 최근 몇 주 동안 군복이 아닌 다른 옷을 입은 남자에게는 아무런 흥미도 느낄 수 없었다. 베넷 부인으로 말하자면 콜린스의 편지를 읽고 나자 그에 대한 맹렬한 적대감이 상당히 누그러진 상태였다. 그녀는 남편과 딸들이 놀랄 정도로 담담하게 그를 맞이할 준비를 하고 있었다.

콜린스는 정확히 약속 시간에 맞춰 도착해서 온 가족의 정중한 환영을 받았다. 베넷 씨는 말을 거의 하지 않았지만 여자들은 얼마든지 대화를 나눌 태세였고, 콜린스 역시 일부러 말을 시키지 않아도 침묵을 지킬 생각이 전혀 없어 보였다.

그는 스물다섯 살이었고, 큰 키에 진지하고 엄숙한 표정을 하고 있었다. 그의 태도는 근엄하고 당당하다 못해 딱딱하기까지 했다. 자리에 앉자마자 베넷 부인에게 훌륭한 딸을 많이 두었다며 칭찬을 늘어놓기 바빴다. 따님들이 미인이라는 소문은 들었지만 이번 경우는 소문이 실제에 훨씬 못 미친다고 너스레를 떨면서 모두 적절한 시기에 결혼하게 될 거라고 덧붙였다. 이런 정중한 인사말은 몇 사람에게는 취향에 맞지 않는 역겨운 것이었지만, 칭찬이라면 어떤 말도 달게 받아들이는 베넷 부인은 기분 좋게 대꾸했다.

"친절하시기도 해라. 저도 제발 그렇게 되기만 빌고 있답니다. 안 그러면 우리 애들이 몹시 궁핍한 처지에 놓일 테니까요. 세상일이란 게 참 묘하게 돌아가기도 하네요."

"이 집이 한정 상속되는 걸 말씀하시는 것이겠죠?"

"네, 불쌍한 우리 딸들에게는 애통하기 짝이 없는 일이죠. 그렇다고 그게 콜린스 씨의 잘못이라는 말은 아니에요. 세상에는 그런 일이 얼마든지 일어나기도 하니까요. 재산이 한정 상속되면 그 재산이 누구한테 갈지 아무도 모르는 거잖아요."

"제 아름다운 사촌들에게 어떤 어려움이 닥칠지 잘 알고 있습니다. 그 문제에 대해 더 말씀드릴 수도 있습니다만, 너무 조급하게 나서는 건 삼가려고 합니다. 하지만 젊은 숙녀분들에게 제가 찬사의 말씀을 드릴 준비가 되어 있다는 건 말씀드릴 수 있습니다. 지금은 더 이상 말을 하지 않겠지만 우리가 더 친해지면……."

그때 식사하러 오라고 부르는 말에 대화는 중단되었

고, 아가씨들은 서로 얼굴을 마주 보며 의미심장한 미소를 교환했다. 콜린스의 감탄의 대상은 비단 아가씨들만이 아니었다.

그는 현관이며 식당, 가구, 모든 것들을 자세히 살펴보고 칭찬을 아끼지 않았다. 그가 이 모든 것을 미래에 자기가 소유할 재산으로 여길 거라는 억울한 마음만 없었다면 베넷 부인은 그의 칭찬에 큰 감동을 받았을 것이다. 저녁 식사를 할 때는 음식이 칭찬의 대상이었다. 그는 이렇게 탁월한 요리 솜씨가 아름다운 따님들 중 누구의 솜씨인지 알고 싶다고 말했다. 하지만 베넷 부인이 자기 집에서는 훌륭한 요리사를 둘 여유가 있기 때문에 딸들이 부엌일을 할 필요가 없다고 볼멘소리를 하자, 그는 불쾌한 질문이었다면 사과드리겠다고 말했다. 그러자 베넷 부인이 부드러운 목소리로 화가 난 게 아니라고 말했지만, 그는 15분 동안이나 사과를 계속했다.

14

저녁 식사를 하는 동안 베넷 씨는 거의 말을 하지 않았다. 그러나 하인들이 물러가고 나자, 손님과 대화를 하기에 적절한 시간이라고 생각했는지 훌륭한 후원자를 두게 되어 다행이라는 말로 콜린스의 기분을 띄워 주었다. 그는 캐서린 영부인이 콜린스에게 진심으로 관심을 갖고 최대한 배려해 주는 것 같다고 말했다. 콜린스에게 그보다 더 적절한 화제는 없었다. 그는 영부인에 대한 화제가 나오자마자 유창한 언변으로 온갖 칭찬을 늘어놓기 시작했다. 그는 평소보다 더 한층 엄숙하고 고고한 태도로 캐서린 영부인처럼 지체 높은 분에게서 그처럼 겸손하면서도 친절한 대우를 받아 본 건 처음이라고 정색을 하며 말했다. 자기가 영부인 앞에서 두 번이나 설교를 했을 때 그분은 황송하게도 아낌없이 칭찬을 해 주셨고, 두 번씩이나 로징스로 저녁 식사 초대를 해 주셨으며, 지난 토요일 저녁만 해도 카드리유 게임을 할 사람이 모자란다면서 그를 부르러 사람을 보내셨다고 했다. 영부인을 아는 많은 사람들이 그녀를 거만하다고 하지만, 그는 그분이 온화하지 않은 모습은 한 번도 본 적이 없다고 했다. 영부인은 자기한테 말을 걸 때도 다른 신사들을 대할 때와 똑같은 태도로 대해 주셨고, 그가 가끔 이웃 사람들과의 모임에 참석하거나 친척을 방문하기 위해 한두 주 동안 교구를 비울 때에도 전혀 개의치 않으셨고, 게다가 콜린스가 신중하게 선택하기만 한다면 가능한 한 빨리 결혼하는 게 좋겠다는 충고까지 해 주셨다는 것이었다. 한번은 초라한 그의 목사관을 찾아와 진행 중이던 개조 공사를 잘했다며 칭찬을 아끼지 않으셨고, 2층에 있는 벽장에 선반을 다는 게 좋겠다는 제안까지 해 주셨다고 했다. 그의 장황한 말을 듣고 나서 베넷 부인이 말했다.

"정말 배려심이 깊고 안목이 높으신 분이네요. 틀림

없이 아주 좋은 분일 것 같아요. 지체 높은 부인들이 다 그분 같기만 하다면야 얼마나 좋겠어요. 그분이 가까운 곳에 사시나요?"

"제 누추한 거처에 정원이 하나 있는데 그 중간에 조그만 오솔길이 나 있습니다. 그 길 사이에 영부인이 살고 계신 로징스 파크 저택이 있습니다."

"그분은 미망인이라고 하셨죠? 다른 가족이 있으신가요?"

"따님 한 분을 두셨죠. 따님은 로징스 저택의 상속녀이십니다. 그 밖에도 엄청난 재산을 물려받으실 분이죠."

"세상에!"

베넷 부인이 머리를 흔들며 감탄했다.

"다른 처자들과는 비교도 안 될 만큼 부자겠네요. 대체 어떤 아가씨죠? 미인인가요?"

"무척이나 매력적인 숙녀분이시죠. 진정한 아름다움으로 치자면 드 버그 양은 다른 어떤 아름다운 여성보다 훨씬 우월하다고 캐서린 영부인께서도 말씀하셨죠. 그분의 얼굴에는 명문가 태생다운 귀티가 흐르니까요. 불행하게도 병약한 체질이어서 많은 교양을 습득하지는 못하셨죠. 그렇지만 않았다면 더없이 훌륭한 교양을 쌓으셨을 텐데 말입니다. 이건 아가씨의 교육을 담당해 왔고 지금도 그분들과 함께 거주하시는 부인에게 들은 얘기입니다. 그 부인은 정말 상냥하신 분이죠. 이따금 작은 쌍두마차를 타고 제 초라한 처소에 들르기도 하십니다."

"그분은 국왕 폐하를 알현하셨나요? 궁궐을 드나드는 숙녀분들 중에서 그런 이름은 들어 보지 못한 것 같은데."

"불행하게도 건강 상태가 좋지 않은 탓에 시내 출입을 못하십니다. 제가 언젠가 캐서린 영부인께 말씀드린 적이 있지만 영국 궁정은 가장 빛나는 보석 하나를 잃은 셈이죠. 영부인께서는 저의 이런 비유를 듣고 매우 흡족해하시더군요. 이미 눈치채셨겠지만 저는 기회가 있을 때마다 이런 적절한 칭찬을 해 드려서 귀부인들을 기쁘게 해 드린답니다. 그리고 캐서린 영부인에게 아름다운 따님은 공작부인이 되기 위해 태어나신 것 같다고, 그 어떤 높은 지위도 그분의 품위를 높여 드릴 수는 없을 거라고, 오히려 그 지위가 그분 때문에 돋보일 거라고 여러 차례 말씀드렸죠. 이런 사소한 것들이 제가 영부인을 기쁘게 해 드리기 위해 특별히 베풀어야 할 배려라고 생각합니다."

"정말 정확한 판단력이로군. 그렇게 용의주도한 말로 남의 비위를 맞추는 재주를 가진 게 자네한테는 참으로 다행스러운 일일세. 남의 비위를 맞추는 그런 말들이 그 자리에서 즉흥적으로 떠오르는 건지, 아니면 미리 머리를 써서 생각해 내는 건지 물어봐도 괜찮겠나?"

베넷 씨의 물음에 콜린스 씨가 대답했다.

"대부분 그 자리에서 순간적으로 생각나는 대로 얘기합니다. 가끔은 취미 삼아 일반적인 경우에 모두 적용될 수 있는 품위 있는 찬사를 연구해서 정리하기도 합니다만, 가능하면 미리 준비한 말이 아닌 것처럼 들리게 하려고 노력합니다."

베넷 씨의 예상은 완벽하게 들어맞았다. 그의 친척은 그의 기대를 저버리지 않을 만큼 멍청하고 아둔한 인물이었다. 베넷 씨는 속으로 무척 재미있어 하며, 이따금 엘리자베스에게 시선을 보내는 것 이외에는 줄곧 진지한 표정을 잃지 않고 그의 얘기를 들어 주었다.

차를 마실 시간이 되자, 그런 재미도 약효가 떨어져서 베넷 씨는 손님을 다시 응접실로 안내했다. 차를 마신 후 콜린스에게 책을 읽어 달라고 부탁했다. 콜린스는 흔쾌히 승낙했고 그에게 책이 한 권 주어졌다. 그는 책을 보는 순간, 순회도서관에서 빌려 온 책이 틀림없다고 생각해서 기겁을 하며 자신은 소설은 절대로 읽지 않는다고 강조하며 양해를 구했다. 키티는 그를 어이없다는 듯이 빤히 쳐다보았고, 리디아는 깜짝 놀라서 자기도 모르게 소리를 질렀다. 다른 책을 몇 권 더 가져다주자 그는 신중에 신중을 거듭한 끝에 《포다이스의 설교집》을 집어 들었다.

콜린스가 책을 펼쳐 들자, 리디아는 곧 하품을 하더니 그가 단조롭고 엄숙한 목소리로 세 페이지를 채 읽기도 전에 낭독을 가로막았다.

"엄마, 필립스 이모부가 리처드를 쫓아내겠다고 하신 거 알고 계세요? 포스터 대령이 그를 고용할 거래요. 토요일에 이모한테 들었어요. 내일 이모 집에 가서 그 얘기도 듣고, 데니 씨가 언제 런던에서 돌아오는지도 알아봐야겠어요."

두 언니가 리디아에게 조용히 하라고 주의를 주었지만, 콜린스는 기분이 몹시 상했는지 책을 내려놓으며 말했다.

"젊은 여성들이 진지한 내용의 책에 전혀 흥미를 갖지 않는 걸 자주 봐 왔습니다. 그들에게 정말 유익한 책인데도 말이죠. 솔직히 말해서 그런 걸 보면 놀라움을 감출 수가 없습니다. 이런 가르침보다 그들에게 더 유익한 건 없으니까요. 하지만 제 어린 사촌에게 굳이 강요할 생각은 없습니다."

그러고 나서 베넷 씨를 보며 주사위 놀이 상대가 되어 주겠다고 말했다. 베넷 씨는 그의 제안에 찬성하면서, 여자들은 그들의 시시한 관심사에 몰두하도록 내버려 두는 게 현명한 처사라고 말했다. 베넷 부인과 다른 딸들은 리디아의 무례한 행동을 정중하게 사과하면서 다시 책을 읽어 준다면 방해하지 않겠다고 말했다. 콜린스는 어린 사촌의 행동을 전혀 불쾌하거나 모욕적으로 생각하지 않는다는 말로 그들을 안심시켰다. 그리고 다른 테이블에 베넷 씨와 함께 앉아 주사위 놀이를 준비했다.

15

콜린스는 결코 현명한 인물이 아니었다. 그에게는 천성적인 결함을 교육이나 사람들과의 교제를 통해 개선할 수 있는 기회가 주어지지 않았다. 일자무식인 데다 인색하기 짝이 없는 아버지 밑에서 자랐고, 대학을 다니기는 했지만 졸업에 필요한 학기를 간신히 이수했을 뿐 도움이 될 만한 사람을 사귀지도 못했다. 무조건적인 복종을 강요하는 아버지의 교육 방식으로 인해 그는 비굴한 성격을 형성하게 되었고, 이런 성향은 머리가 아둔한 데다 사람들과 교류할 수 있는 기회마저 거의 없는 탓에 상당한 반작용을 일으켜 기묘한 자만심으로 변질되었고, 거기에 예기치 않게 일찍 성공한 사람 특유의 오만함이 더해졌다. 그는 헌스퍼드의 목사직이 비어 있을 때 운 좋게도 캐서린 영부인에게 추천을 받았다. 부인의 높은 신분에 대한 경외심과 후원자에 대한 숭배심이 교만과 성직자의 권위 의식과 교구 목사의 책임감과 뒤섞여 그를 오만하면서도 아첨하기 좋아하고, 잘난 체하면서도 비굴한, 복잡한 성격의 인물로 만들었다.

그는 이제 좋은 집과 충분한 수입이 보장되었으니 결혼을 해야겠다고 마음먹었다. 그리고 롱본 집안의 딸과 결혼하는 것이 그 집안과 화해할 수 있는 가장 좋은 방법이라고 생각했다. 만일 소문대로 그 집 딸들이 아름답고 상냥하다면 그중 한 명과 결혼하는 것이야말로 그 부친의 재산을 상속받는 것에 대해 더할 나위 없이 적절하고, 바람직하고, 지극히 관대하고 공평무사한 보상과 사죄의 방편이라고 확신했다.

베넷 씨의 딸들을 보고 난 후에도 콜린스의 계획은 전혀 달라지지 않았다. 오히려 맏딸의 아름다운 얼굴은 결혼도 당연히 서열을 지켜서 해야 한다는 그의 견해를 더욱 확고하게 굳혀 주었다. 그는 첫날 저녁에 제인을 신붓감으로 점찍었다. 그러나 불행하게도 다음 날 아침 그는 자신의 계획을 수정할 수밖에 없었다. 아침 식사를 하기 전 15분 동안 베넷 부인과 가벼운 대화를 나누면서 그는 목사관 얘기부터 시작해서 자연스럽게 목사관의 안주인은 롱본에서 찾게 될 것 같다는 속내를 은근히 암시했다. 베넷 부인은 더없이 상냥한 미소를 지으며 그의 말에 맞장구를 치면서도 그가 마음속으로 점찍은 제인은 안 된다고 못 박았다.

“밑의 동생들은 딱히 뭐라고 말씀드릴 수는 없지만, 마음속에 정해 둔 남자가 있는 것 같지는 않아요. 하지만 큰애에 대해서는 꼭 말씀드려야 할 것 같네요. 그 애는 곧 약혼하게 될 거랍니다.”

콜린스로서는 단지 신붓감을 제인에서 엘리자베스로 옮기기만 하면 되는 일이었다. 이 일은 베넷 부인이 난롯불을 지피고 있는 짧은 사이에 이루어졌다. 서열로 보나 미모로 보나 당연히 엘리자베스가 다음 차례였다.

베넷 부인은 콜린스가 은근히 내비친 언질을 가슴속에 새기고 곧 두 딸을 시집보내게 될 기대로 가슴이 부풀었다. 그 전날까지만 해도 이름을 듣는 것조차 참기 힘들었던 콜린스가 지금은 꽤 괜찮은 청년으로 보였다.

리디아는 메리턴으로 산보를 가려던 계획을 잊지 않고 있었다. 메리를 제외한 모든 딸이 그녀와 동행하기로 했다. 베넷 씨는 콜린스를 쫓아 버리고 혼자 조용히 서재에 있고 싶어서 그에게 딸들과 함께 갈 것을 권유했다. 콜린스는 아침 식사를 한 후에 서재로 따라 들어와 서가에서 제일 큰 책을 꺼내 들고 읽는 척하면서 쉴 새 없이 헌스퍼드에 있는 자기 집과 정원에 관한 얘기를 늘어놓았다. 이런 행동은 베넷 씨에게는 참을 수 없이 짜증스러운 것이었다. 그는 늘 엘리자베스에게 집 안의 다른 곳에서는 멍청하고 잘난 체하는 식구들의 언행과 마주칠 준비가 되어 있지만, 서재에서만큼은 그런 것들에서 해방되어 평온하고 여유롭게 자신의 시간을 즐기고 싶다고 말했다. 베넷 씨는 이런 속마음을 감추고 콜린스에게 딸들과 함께 산보에 나설 것을 정중하게 권했고, 콜린스도 흔쾌히 그의 제안을 받아들여 커다란 책을 덮어 놓고 서재에서 나갔다. 사실 책을 읽는 것보다는 걷는 게 그의 적성에 더 맞는 일이었다.

콜린스가 대단치도 않은 일을 과장해서 잘난 척하며 떠들어 대고, 그의 사촌들은 형식적으로 맞장구를 치는 사이에 그들은 메리턴에 도착했다. 그때부터 어린 두 사촌의 관심은 콜린스에게서 완전히 멀어졌다. 그들의 눈은 장교들의 모습을 찾기 위해 거리를 두리번거렸고, 가게 진열장 안에 진열된 맵시 있는 모자나 최신 유행하는 모슬린에 시선을 빼앗겼다.

그러나 얼마 지나지 않아서 모든 숙녀들의 시선은 일제히 한 청년에게 쏠렸다. 장교 한 명과 함께 거리 반대쪽에서 걸어오고 있는 귀족적인 용모의 청년은 숙녀들이 처음 보는 남자였다. 그 청년과 함께 걸어오고 있는 장교는 바로 리디아가 언제 돌아올지 못내 궁금해하던 데니 씨였다. 그들을 발견하자 데니는 가볍게 목례를 건넸다. 모두들 속으로 처음 보는 멋진 외모의 이 청년이 누군지 궁금해하고 있었다. 키티와 리디아는 그 청년이 누군지 알아낼 작정으로 길 건너편 상점에서 살 물건이 있다는 핑계를 대고 길을 건너갔다. 다행히도 그들은 가던 길을 되돌아오던 두 신사와 마주쳤다. 데니는 그들에게 인사를 건네고 나서 위컴을 소개했다. 위컴은 데니의 친구로 그의 부대에 임관을 받아 어제 런던에서 함께 돌아왔다고 했다. 이보다 더 완벽할 수는 없었다. 군복만 입혀 놓으면 위컴보다 더 매력적인 남자는 없을 것 같았다. 그는 누구에게나 호감을 줄 만한 청년이었다. 수려한 이목구비와 잘빠진 체격과 상대방을 기분 좋게 만드는 말솜씨까지 미남의 조건을 두루 갖추고 있었다.

소개를 받고 나자 그는 예의 바르고 자연스럽게 대화를 시작했다. 그들이 거리에서 즐겁게 대화를 나누고 있을 때 말발굽 소리가 들렸다. 다아시와 빙리가 말을 타고 길을 따라 내려오고 있었다. 숙녀들을 발견하자 그들은 곧장 다가와 정중하게 인사를 건넸다. 말을 건네는 사람은 빙리였고 그 대상은 주로 베넷 양이었다. 그는 베넷 양을 문병하기 위해 롱본으로 가는 길이라고 말했다. 다아시는 겨우 목례만 건네며 엘리자베스의 시선을 피하기 위해 고개를 돌리다가 위컴을 발견했다. 두 사람의 시선이 마주치는 순간을 엘리자베스가 우연찮게 목격했다. 한 사람은 얼굴이 하얗게 질렸고, 다른 한 사람은 얼굴이 벌겋게 달아올랐다. 그녀는 그런 두 사람의 모습을 보고 뭔가 이상하다는 생각이 들었다. 잠시 후 위컴은 모자에 가볍게 손을 대는 걸로 인사를 대신했고, 다아시는 마지못해 겨우 인사에 응답하는 기색이었다. 그런 상황이 무얼 의미하는지 엘리자베스로서는 도무지 짐작할 수 없는 일이었다. 그녀는 갑자기 호기심이 발동했다. 무슨 일인지 궁금해 견딜 수가 없었다.

무슨 일이 있었는지 전혀 눈치채지 못한 것 같은 빙리는 작별 인사를 하고 친구와 함께 말을 몰고 그 자리를 떠났다. 데니와 위컴은 숙녀들과 함께 필립스 씨 집 문 앞까지 걸어갔다. 리디아가 같이 들어가자고 간곡히 부탁했고, 필립스 부인도 거실 창문을 열고 큰 소리로 들어오라고 청했지만, 두 신사는 작별 인사를 하고는 그냥 가 버렸다.

필립스 부인은 언제나 조카딸들을 반겨 맞았지만, 특히 최근 집을 비웠던 큰 조카딸과 둘째 조카딸을 보자 무척이나 반가워했다. 그녀는 두 아가씨가 갑자기 돌아왔다는 소식을 듣고 깜짝 놀랐다고 요란하게 수다를 늘어놓았다. 자기 집 마차를 사용하겠다고 부탁하지 않았기 때문에, 만일 길에서 존스 씨 가게 점원이 베넷 집안의 딸들이 집에 돌아와서 네더필드로 약을 보내지 않게 됐다는 말을 하지 않았더라면 두 조카딸이 돌아왔다는 사실을 까맣게 모를 뻔했다고 말했다. 그때 제인이 콜린스를 부인에게 소개했다. 필립스 부인은 정중하게 예의를 갖춰 콜린스의 인사에 답했다. 콜린스는 초면에 불쑥 찾아오게 된 것을 사과하며, 아가씨들과 친척 관계이니 양해해 주실 거라고 믿는다며 더욱 정중하게 응대했다. 필립스 부인은 지나치게 깍듯한 그의 예의범절에 경외심마저 들었다.

그러나 초면의 신사에 대한 관심은 곧 다른 등장인물에 대한 조카딸들의 감탄과 궁금증 때문에 중단되고 말았다. 그녀는 데니 씨가 위컴 씨를 런던에서 데려왔고, 중위로 임관하게 될 거라는 것밖에는 조카들에게 알려줄 정보를 갖고 있지 못했다. 그것은 조카딸들이 이미 알고 있는 사실이었다. 그리고 방금 전까지 위컴이 한 시간 동안 거리를 돌아다니는 모습을 보았다고 말했다. 만일 그때 위컴이 거리를 지나갔다면 키티와 리디아는 창문으로 그를 넋을 잃고 지켜보았을 것이다. 그러나 불행하게도 길거리에는 위컴에 비하면 '형편없이 멍청하고 못생긴' 남자들만 지나가고 있었다. 필립스 부인은 다음 날 장교 몇 명이 함께 집에서 만찬을 들기로 되어 있다면서 조카들이 온다면 남편에게 부탁해서 위컴 씨도 초대하겠다고 말했다. 그녀의 제안은 기꺼이 받아들여졌고, 필립스 부인은 신나게 제비뽑기 게임을 하고 나서 따끈한 저녁 식사를 들자고 말했다. 그들은 내일 저녁에 대한 기대에 들떠서 즐거운 기분으로 헤어졌다. 콜린스는 방을 나서면서도 사과의 말을 거듭 되풀이했고 전혀 사과할 이유가 없다는 공손한 답변을 연거푸 들었다.

집으로 돌아오는 길에 엘리자베스는 낮에 본 두 신사의 모습을 제인에게 얘기했다. 제인은 그들이 이상한 태도를 보였다면 두 사람 중 한 명이나 두 사람 모두에게 그럴 만한 이유가 있을 거라고 그들의 입장을 옹호했다. 그러나 그녀 역시 그들의 수상쩍은 행동을 설명할 방법이 없었다.

콜린스는 집에 돌아오자 필립스 부인의 정중한 예의범절을 입이 마르도록 칭찬해서 베넷 부인을 기쁘게 했다. 그는 캐서린 영부인과 따님을 제외하고는 그렇게 품위 있는 여성은 지금껏 본 적이 없다며 목에 핏줄을 세워 가며 말했다. 필립스 부인이 자신을 더없이 정중하게 환영해 주었을 뿐 아니라, 초면임에도 불구하고 다음 날 저녁 초대에 끼워 주었다고 했다. 물론 베넷 집안과 친척이어서 그런 것이겠지만 지금까지 살아오면서 그런 환대는 처음 받아 보았다는 것이었다.

16

딸들이 이모와 한 약속에 대해 베넷 부부는 전혀 반대할 이유가 없었다. 콜린스가 자신이 손님으로 와 있는 동안 단 하룻저녁이라고 해도 베넷 부부만 남겨 두고 나가는 게 마음에 걸린다고 했지만, 두 사람은 거듭 신경 쓰지 말라고 했다. 그래서 그와 다섯 명의 사촌 아가씨들은 마차를 타고 시간에 맞춰 메리턴에 도착했다. 응접실에 들어서자 위컴이 초대에 응해서 이미 도착했다는 기쁜 소식이 그들을 기다리고 있었다.

이 소식을 듣고 나서 모두들 자리에 앉자, 콜린스는 여유롭게 주위를 둘러보며 넓은 방과 훌륭한 가구에 감탄을 아끼지 않으면서 마치 로징스 저택의 여름용 응접실에 와 있는 것 같다고 말했다. 이런 비유를 들은 필립스 부인은 처음에는 썩 기분이 좋지 않았다. 그러나 로징스 저택이 어떤 곳이고, 집주인이 누구이며, 특히 캐서린 영부인의 응접실에 있는 벽난로와 선반을 설치하는 데 800파운드나 들었다는 콜린스의 설명을 듣고 나자, 필립스 부인은 그 말이 얼마나 과분한 칭찬인가를 깨달았다. 그리고 자기 응접실을 로징스의 가정부 방과 비교해도 불쾌하지 않을 거라고 생각했다.

콜린스는 신사들이 합류할 때까지 캐서린 영부인과 그녀의 저택이 얼마나 훌륭한가를 입에 침이 마르게 칭찬했다. 그러다가는 가끔씩 옆길로 새서 자신의 소박한 집을 개조해서 아담하게 꾸며 놓았다는 자랑을 늘어놓았다. 필립스 부인은 그의 이야기를 주의 깊게 귀담아들으면서 콜린스를 더욱 대단한 사람으로 생각하게 되었다. 그리고 최대한 빨리 자신이 들은 이야기를 이웃 사람들에게 알려야겠다고 마음먹었다. 콜린스의 이야기에 전혀 관심이 없는 베넷가의 처녀들은 지루하게 신사들이 등장하기만을 기다렸다. 그들은 속으로 악기라도 연주하면 덜 따분하겠다는 생각을 하면서 벽난로 선반 위에 놓여 있는 자기네들이 만든 솜씨 없는 복제품 도자기를 감상하고 있었다.

드디어 기다림의 시간이 끝나고 신사들이 등장했다. 위컴이 방으로 걸어 들어오는 모습을 보면서 엘리자베스는 그를 처음 보았을 때나 그 후로도 줄곧 그를 멋진 남자라고 생각했던 게 결코 지나친 평가가 아니었다는 걸 새삼 깨달았다. 장교들은 대부분 훌륭하고 점잖은 신사들이었지만, 그들 일행은 장교들 중에서도 우월한 청년들이었다. 그중에서도 위컴은 체격이나 용모, 몸가짐, 그리고 걸음걸이에 있어서 누구보다 훌륭했다. 그 차이는 시큼털털한 포도주 냄새를 피우며 숨을 헐떡이면서 그들의 뒤를 따라 들어온 펑퍼짐한 얼굴에 땅딸막한 필립스 이모부와 젊은 장교들의 차이만큼이나 큰 것이었다.

위컴은 모든 여자들의 시선을 한 몸에 받는 행복한 남자였고, 엘리자베스는 그의 옆자리를 차지한 행복한 여자였다. 자리에 앉자마자 위컴은 그녀에게 자연스럽게 말을 건넸다. 대화는 그날 밤 비가 내리고 있고, 곧 장마가 시작될 것 같다는 내용이었지만, 엘리자베스는 지극히 평범하고 따분하고 케케묵은 화제도 말하는 사람의 화술에 따라 얼마든지 흥미로워질 수 있다는 놀라운 진리를 깨달았다.

위컴과 다른 장교들이 경쟁자로 등장해서 여자들의 관심을 사로잡는 바람에 콜린스는 하찮은 존재로 전락해 버렸다. 젊은 처자들에게 그는 그 자리에 없는 존재나 다를 바 없었다. 그러나 필립스 부인이 이따금 그의 말을 친절하게 들어 주면서 자상하게 커피와 머핀을 푸짐하게 챙겨 주었다.

카드 테이블이 펼쳐지자 콜린스는 휘스트 게임에 끼는 걸로 그녀의 호의에 보답할 기회를 얻게 되었다.

"사실은 게임하는 법을 잘 모르지만 열심히 배워 보겠습니다. 제 처지에서는……."

필립스 부인은 그의 승낙을 매우 반가워했지만 게임에 참가하는 이유까지 들어 줄 만한 여유는 없었다.

위컴은 휘스트 게임에 참가하지 않고 다른 테이블에 있는 엘리자베스와 리디아 사이에 앉았다. 리디아는 한번 말을 시작하면 누구도 끼어들지 못하게 하는 성격이어서 처음에는 그녀가 위컴을 독차지할 위험성이 컸다. 그러나 그녀는 제비뽑기 게임 역시 수다를 떠는 것 못지않게 열광했기 때문에 곧 게임에 몰두했고, 상금을 타겠다고 열을 올리느라 특별히 누군가에게 관심을 기울일 여유가 없었다. 위컴은 게임에 신경을 쓸 필요가 없게 된 덕분에 엘리자베스와 대화를 나눌 시간이 있었다. 그녀는 그의 말을 진심으로 귀 기울여서 들어 주었다. 엘리자베스는 속으로 위컴이 다아시를 알게 된 경위가 가장 궁금했지만 직접 그의 이름을 언급할 용기는 나지 않았다. 그러나 뜻밖에도 위컴이 먼저 다아시 얘기를 꺼내 주어서 그녀는 궁금증을 해소할 수 있게 되었다. 위컴은 네더필드가 메리턴에서 얼마나 떨어져 있느냐고 물었다. 그리고 그녀의 대답을 듣고 나자 머뭇거리며 다아시가 그곳에 얼마나 머물렀는지 물었다.

"한 달쯤 계셨을걸요."

엘리자베스는 이렇게 대답하고 나서 위컴이 화제를 다른 곳으로 돌릴까 봐 얼른 덧붙였다.

"듣기로는 그분이 더비셔에 굉장한 재산을 가지고 계시다면서요."

"맞아요. 더비셔에 엄청난 토지를 갖고 있죠. 아마 연

수입이 1만 파운드는 될 겁니다. 그 점에 대해서는 저보다 더 확실한 정보를 알려 줄 사람은 없다고 봐야죠. 저희 집이 어릴 때부터 그 집안과 특별한 관계가 있었으니까요."

엘리자베스는 놀란 표정을 감출 수가 없었다.

"그렇게 놀라시는 것도 무리는 아니죠. 어제 우리가 마주쳤을 때 얼마나 어색하게 대하는지 보셨을 테니까요. 베넷 양, 다아시 씨와 잘 아는 사이신가요?"

"아니에요, 그저 조금 아는 정도예요. 다아시 씨와 한 집에서 나흘 동안 지낸 적이 있었죠. 그때 저는 그분을 무척 불쾌한 사람이라고 생각했어요."

"불쾌한 사람인지 아닌지 저로서는 판단할 입장이 아닙니다. 제겐 그럴 자격이 없으니까요. 공정하게 판단을 하기에는 그를 너무 오래 알았고, 너무 잘 알고 있어서 제 판단이 당연히 편파적일 거라고 생각합니다. 하지만 사람들에게 다아시 씨에 대한 베넷 양의 견해를 얘기하면 다들 놀랄 겁니다. 물론 그런 얘기를 다른 곳에 가서도 서슴없이 하시지는 않겠죠. 이곳은 가족들만 모인 곳이니 상관없겠지만 말입니다."

"아니, 그렇지 않아요. 분명히 말씀드리지만 저는 네더필드만 아니면 다른 곳에서도 얼마든지 얘기할 수 있어요. 모두들 그의 거만한 태도를 불쾌하게 생각하고 있어요. 저 아닌 다른 사람에게서도 그분에 관해 좋은 얘기는 듣지 못하실 거예요."

잠시 사이를 두었다가 위컴이 말했다.

"다아시 씨건 다른 사람이건 실제 됨됨이보다 높은 평가를 받지 못한다고 해서 제가 유감스러워할 일은 아니죠. 하지만 다아시 씨라면 결코 그런 일은 없을 겁니다. 사람들은 그의 재산과 지위에 현혹되거나 오만하고 고압적인 태도에 기가 질려서 그가 원하는 대로 평가해 주기 마련이니까요."

"저는 그 사람에 대해 아는 게 별로 없지만, 분명 성격이 괴팍한 사람이라고 생각할 수밖에 없어요."

위컴은 말없이 고개를 저었다.

"다아시 씨가 이곳에 오래 머무를 거라고 생각하세요?"

다시 말할 기회가 오자 그가 말했다.

"거기에 대해서는 저는 전혀 아는 게 없어요. 하지만

제가 네더필드에 있을 때 그분이 그곳을 떠날 거라는 얘기는 듣지 못했어요. 그 사람이 가까운 곳에 있다는 사실 때문에 위컴 씨가 부대에 주둔하시려는 계획을 바꾸지 않으셨으면 좋겠네요."

"그런 일은 없을 겁니다. 제가 다아시 때문에 쫓겨 갈 이유는 없으니까요. 나를 만나는 걸 피하고 싶다면 자기가 떠나야죠. 우리가 결코 좋은 사이라고는 할 수 없기 때문에 그를 만나는 게 저로서는 무척 고통스러운 일이지만, 그렇다고 굳이 그를 피할 생각은 없습니다. 하지만 한 가지는 세상 사람들 앞에서 거리낌 없이 말할 수 있습니다. 그건 제가 너무도 부당한 일을 당했고, 그의 인간성이 그 정도밖에 되지 않는다는 사실입니다. 다아시의 선친께서는 세상에서 가장 훌륭한 분이셨고, 저에겐 둘도 없이 진실한 친구셨죠. 그분의 아들을 만날 때마다 가슴이 아파서 견딜 수가 없습니다. 그분이 제게 베풀어 주셨던 수많은 따뜻한 추억들이 떠올라서요. 그가 제게 저지른 행동은 말로 표현할 수 없을 만큼 가증스러운 짓이지만, 그런 건 얼마든지 용서할 수 있습니다. 하지만 그의 선친의 뜻을 저버리고 그분에 대한 기억을 욕되게 하는 건 참을 수가 없습니다."

엘리자베스는 그의 이야기에 점점 더 흥미를 느꼈다. 그러나 워낙 미묘한 사안이라 더 이상 캐물을 수는 없었다.

위컴은 메리턴과 이웃 사람들과 사교계에 관한 평범한 얘기로 화제를 돌렸다. 그는 이곳이 아주 마음에 든다면서 사교계에 대해 고상하고 명확하게 자신의 견해를 밝혔다.

"제가 주 부대에 오게 된 건 이곳에서 좋은 사교 모임을 지속할 수 있을 거라는 기대감이 크게 작용했기 때문입니다. 이 부대가 평판이 좋고 분위기도 유쾌하다는 얘기를 이미 들어서 알고 있었죠. 그런 데다 데니가 현재 주둔하고 있는 부대가 메리턴에서 큰 관심과 인기를 끌고 있다고 하더군요. 제겐 사교 생활이 절실하게 필요합니다. 지금까지 줄곧 실의에 빠져 있었기 때문에 혼자 있는 걸 견디기 힘들어요. 그래서 직업과 사교 생활이 꼭 필요합니다. 군대 생활은 제가 원래부터 원했던 건 아니었죠. 하지만 제 상황이 어쩔 수 없었습니다. 그렇지 않았다면 저는 당연히 목사가 되었겠죠. 전 목사가 되도록 교육을 받았습니다. 방금 전에 말했던 그 신사만 허락해 주었다면, 지금쯤 저는 성직자로서 상당한 수입을 보장받으며 살고 있을 겁니다."

"어머나, 세상에 그럴 수가!"

"돌아가신 그의 부친께서는 유언장에 당신이 증여할 권리 중에서 가장 중요한 직위를 제게 물려주도록 명시하셨습니다. 그분은 저의 대부이셨고, 저를 무척 사랑하셨죠. 그분의 친절하신 배려는 제가 말로 표현할 수 없을 정도입니다. 그분은 제가 충분한 수입을 갖고 살기를 원하셨고 그렇게 해 놓았다고 믿으셨죠. 하지만 막상 목사 자리가 났을 때 그 자리는 다른 사람에게 넘어가고 말았습니다."

"어떻게 그럴 수가 있죠? 그분의 유언을 무시한다는 게 말이 되나요? 법적으로 보상받을 방법을 찾아보셔야 하는 것 아닌가요?"

"유언장에 형식적으로 미비한 점이 있어서 법적인 도움을 받을 수가 없어요. 양심이 있는 사람이라면 고인의 유지를 의심할 여지가 없지만, 다아시는 일부러 의심하기로 작정한 겁니다. 그렇지 않다면 고인의 유언을 단순한 조건부 권고 사항 정도로 취급한 거죠. 그리고 제가 무절제하고 방탕한 인간이라는 말도 안 되는 이유를 갖다 붙여서 양도받을 자격을 상실했다고 주장했죠. 그래서 2년 전 목사 자리가 났을 때 제가 목사가 될 수 있는 나이가 됐지만, 그 자리는 다른 사람에게 돌아가고 말았던 겁니다. 분명한 건 제가 그 자리를 박탈당할 만큼 잘못한 일이 없다는 사실입니다. 제가 좀 다혈질이라 급한 성미를 참지 못하고 다아시에게 제 생각을 대놓고 얘기한 적은 있습니다. 그렇지만 그 이상 나쁜 행동을 했던 기억은 전혀 없습니다. 어쩌면 그와 내가 너무 다른 인간형이라 나를 그렇게 미워하는 건지도 모르죠."

"정말 충격적인 얘기네요. 그런 인간은 공개적으로 창피를 당해야 해요."

"언젠가는 그렇게 되겠죠. 하지만 제가 나서서 그렇게 할 생각은 없습니다. 그의 부친의 은혜를 잊지 않는 한 그와 맞서 싸운다거나, 그의 비행을 폭로하는 일은 절대 할 수 없습니다."

엘리자베스는 그런 마음씨를 가진 그가 정말 훌륭한

사람이라고 느꼈다. 그렇게 말할 때 그의 모습이 더욱 멋있게 보였다.

"그런데……."

엘리자베스는 잠시 말을 중단했다가 다시 이었다.

"그분은 왜 위컴 씨에게 그런 행동을 하는 걸까요? 무엇 때문에 그렇게까지 비열하게 구는 거죠?"

"저를 지독하게 싫어하기 때문이죠. 저는 질투심 때문일 거라고 생각합니다. 돌아가신 다아시 씨께서 저를 그렇게 사랑하지 않으셨더라면 그분의 아들이 제게 그렇게까지 심하게 대하지는 않았을 겁니다. 어릴 때부터 그의 아버지가 워낙 저를 사랑하셨죠. 그래서 그는 어릴 때부터 불만이 많았습니다. 아버지의 사랑을 놓고 저와 경쟁해야 하는 상황이나 아버지가 저를 편애하시는 걸 용납할 수 있는 성품이 못 되었던 겁니다."

"전 다아시 씨가 그렇게까지 나쁜 사람일 거라고는 생각하지 못했어요. 좋은 사람이라고 생각한 적도 없지만 그렇게 악독한 사람이라고 생각하지도 않았거든요. 다른 사람을 함부로 무시한다고는 생각했지만 그 정도로 몰인정하고 비인간적인 사람이라고는 정말 짐작도 못했어요."

그녀는 잠시 생각에 잠겼다가 다시 말을 이었다.

"지금 생각난 건데 언젠가 네더필드에서 다아시 씨가 그런 말을 했어요. 자기는 한번 화가 나면 쉽게 풀어지지 않고 남의 잘못을 용서하기 힘든 성격이라고 말이에요. 마치 자랑이라도 되는 것처럼 그런 말을 하더라구요. 정말 막돼먹은 사람인 게 분명해요."

그녀의 말에 위컴이 대답했다.

"그 점은 제 판단을 신뢰할 수가 없군요. 저는 그 친구에 대해서는 공정해질 수가 없습니다."

엘리자베스는 다시 골똘히 생각하다가 큰 소리로 말했다.

"어떻게 자기 아버지가 대자로 삼을 만큼 사랑했던 사람에게 그런 짓을 할 수가 있죠? 게다가 자기 친구이기도 한 사람한테!"

그녀는 하마터면 이렇게 덧붙일 뻔했다.

'더구나 당신처럼 얼굴만 봐도 좋은 사람이란 걸 금방 알 수 있는 사람에게.'

하지만 그녀는 대신 이렇게 말하는 걸로 만족해야

했다.

"위컴 씨 말대로 어린 시절부터 가장 가깝게 지냈던 친구에게 말이에요."

"우리는 같은 교구 안에서 그것도 같은 장원 안에서 태어났죠. 같은 집에서 같은 놀이를 하고 같은 부친의 보살핌을 받으며 유년 시절을 보냈습니다. 제 부친은 엘리자베스 양의 이모부이신 필립스 씨가 현재 성공적으로 하시는 일을 첫 번째 직업으로 택하셨죠. 하지만 돌아가신 다아시 씨를 돕기 위해 모든 것을 포기하고 펨벌리의 재산을 관리하는 일에 평생을 바치셨습니다. 부친께서는 고 다아시 씨에게 큰 신임을 받으셨고, 그분의 가장 가깝고 믿을 수 있는 친구분이셨습니다. 고 다아시 씨는 제 부친께서 착실하게 재산을 잘 관리해 주셔서 그분에게 큰 빚을 지고 있다고 입버릇처럼 말씀하셨죠. 그리고 제 아버지께서 돌아가시기 직전에 제 앞날을 보장해 주시겠다고 약속하셨습니다. 저는 그것이 저에 대한 그분의 애정의 표현이자 부친에 대한 보답이라고 확신했습니다."

"정말 이해할 수가 없네요. 어떻게 그런 가증스러운

짓을 할 수가 있을까요? 다아시 씨처럼 자존심 강한 사람이 그런 행동을 하다니 말이에요. 다른 동기가 아니더라도 자존심 때문에 그렇게 부당한 일을 할 수는 없을 텐데요. 그런 일은 정말 부정한 짓이라고 말할 수밖에 없네요."

"정말 놀랄 만한 일이죠. 다아시의 행동은 모두가 자존심에서 비롯된 것이니까요. 자존심은 그의 둘도 없는 친구니까요. 다른 어떤 감정보다도 자존심이 가장 그를 강력하게 미덕으로 이끄는 원동력이 되었죠. 하지만 모든 인간은 한 가지 감정을 일관성 있게 유지할 수는 없는 법입니다. 그 친구가 내게 한 짓은 자존심보다 더 강한 충동에서 비롯된 행동이었을 겁니다."

"그렇다면 다아시 씨의 가증스러운 자존심이 오히려 그에게 도움이 된다는 말씀이신가요?"

"그렇습니다. 그는 자존심 때문에 사람들에게 관대하고 대범하게 대하는 겁니다. 사람들에게 아낌없이 돈을 주기도 하고, 친절을 베풀고, 소작인들을 도와주고, 가난한 사람들을 구제하기도 합니다. 가문의 자존심, 말하자면 부친의 아들로서의 자존심 같은 거죠. 다아시는 부친에 대해 대단한 자부심을 가지고 있으니까요. 가문의 명예를 떨어뜨리거나, 좋은 평판에 먹칠을 하거나, 펨벌리가의 세력을 잃지 않는 것이 그의 행동의 가장 강력한 동기라고 할 수 있죠. 다아시는 형제에 대한 자존심 또한 무척 강합니다. 오빠로서 여동생에게 친절하고 든든한 보호자 역할을 단단히 하고 있죠. 엘리자베스 양도 그가 누이동생을 끔찍하게 아끼고 사랑하는 좋은 오빠라는 사람들의 칭찬을 듣게 되실 겁니다."

"다아시 씨의 누이동생은 어떤 사람인가요?"

위컴은 그녀의 말에 고개를 저었다.

"좋은 아가씨라고 말할 수 있으면 좋겠습니다. 다아시 집안 사람들을 나쁘게 얘기하는 건 제게 고통스러운 일이니까요. 하지만 그의 누이 역시 오빠를 많이 닮아서 자존심이 하늘을 찌르죠. 어릴 적에는 아주 귀엽고 사랑스러운 아이였고 저를 무척 따랐답니다. 저도 몇 시간씩 그 애와 놀아 주곤 했으니까요. 하지만 지금은 저하고 아무 상관도 없는 사람입니다. 나이는 열다섯이나 열여섯 살쯤 되었을 거고, 외모나 교양은 뛰어난 아가씨죠. 부친이 돌아가신 후로는 런던에 있는 집에서 교육을 맡고 있는 부인과 함께 살고 있습니다."

여러 번 대화가 끊어지기도 하고 다른 주제로 넘어가기도 했지만 엘리자베스는 궁금증을 참지 못하고 다시 처음 주제로 돌아가서 이렇게 말했다.

"다아시 씨가 빙리 씨와 친하게 지낸다는 게 정말 놀라워요. 빙리 씨처럼 성품이 착하고 좋으신 분이 어떻게 그런 사람과 친구가 될 수 있을까요? 어떻게 서로 마음이 맞을 수가 있는 건지 모르겠어요. 혹시 빙리 씨를 아시나요?"

"아니요, 저는 그분은 전혀 모릅니다."

"아주 친절하고 선량하고 좋은 분이세요. 빙리 씨는 다아시 씨가 어떤 사람인지 모르는 게 틀림없어요."

"아마 그렇겠죠. 다아시는 자기가 원하면 얼마든지 남의 마음에 들게 행동할 수 있는 사람이니까요. 그럴 만한 능력이 있는 친구죠. 그럴 가치가 있다고 판단되면 갑자기 다른 사람으로 돌변해서 좋은 친구가 될 수도 있는 사람이에요. 자기와 신분이 동등한 사람들 사이에 있을 때면 자기보다 못한 사람들을 대할 때와는 전혀 다른 사람이 됩니다. 어떤 경우에도 오만함을 버리지는 않지만, 부자들을 대할 때는 관대하고 공정하고 진실하고 합리적이고 고결한 데다 아마 쾌활하기까지 할 겁니다. 상대방의 재산과 지위에 따라 차이가 있기는 하지만요."

얼마 지나지 않아서 휘스트 게임을 하던 사람들이 자리에서 일어나 다른 테이블에 모여 앉았다. 콜린스는 그의 사촌 엘리자베스와 필립스 부인 사이에 자리를 잡았다. 필립스 부인은 그에게 많이 땄느냐고 의례적인 질문을 했고, 그는 계속 잃기만 해서 별로 재미가 없었다고 대답했다. 필립스 부인이 걱정스러워하자 그는 정색을 하면서 그런 것은 조금도 중요한 문제가 아니며, 자신은 돈을 하찮게 여긴다고 강조하며 부디 걱정하지 말라고 말했다.

"사람들이 카드 테이블에 앉으면 돈을 잃게 될 가능성을 각오해야 된다는 걸 저도 잘 알고 있습니다. 하지만 전 다행히도 5실링쯤 잃어도 걱정할 형편은 아닙니다. 물론 이렇게 말할 수 있는 사람이 많지 않다는 것도 잘 압니다만, 저는 캐서린 드 버그 영부인 덕분에 그런 사소한 문제에 신경 쓸 필요가 전혀 없답니다."

위컴은 그의 말을 듣고 고개를 돌려서 잠시 콜린스를 바라보더니 낮은 목소리로 엘리자베스에게 그가 드 버그 일가와 가까운 사이냐고 물었다.

"캐서린 드 버그 영부인이 최근에 콜린스 씨에게 목사직을 임명해 주셨다나 봐요. 콜린스 씨가 어떻게 부인의 눈에 들게 되었는지는 모르지만, 오래 알고 지낸 사이가 아닌 건 분명해요."

"그럼 캐서린 드 버그 영부인과 앤 다아시 영부인이 자매간이라는 것도 물론 알고 계시겠죠? 그러니까 캐서린 영부인이 다아시의 이모가 되는 거죠."

"아니요, 그건 전혀 몰랐어요. 캐서린 영부인의 친척에 대해선 전혀 아는 게 없었어요. 그저께까지만 해도 그런 부인이 있다는 것조차 몰랐는걸요."

"그분의 따님이신 드 버그 양은 엄청난 재산을 상속받게 되어 있습니다. 모두들 드 버그 양과 사촌인 다아시가 두 집안의 재산을 하나로 합칠 거라고들 믿고 있어요."

엘리자베스는 그 말을 듣자 가엾은 빙리 양의 얼굴이 떠올라 자기도 모르게 쓴웃음을 지었다. 다아시가 이미 다른 여자와 결혼할 마음을 먹고 있다면 빙리 양의 관심은 모두 헛수고에 지나지 않을 것이고, 다아시의 여동생에 대한 그녀의 애정과 다아시에 대한 칭찬도 모두 물거품이 될 것이었다.

"콜린스 씨는 캐서린 영부인과 그분의 따님에 대해서 입에 침이 마르도록 칭찬하시더군요. 하지만 상세한 내막을 들어 보면 영부인에 대해 감사하는 마음이 지나쳐서 부인에 대해 오해하고 있는 것 같다는 생각도 들었어요. 그분은 콜린스 씨의 후원자이긴 하지만 거만하고 안하무인인 사람 같더군요."

"상당히 거만하고 오만한 분이죠. 오랫동안 만나 보진 못했지만 전 그분을 전혀 좋아하지 않았습니다. 독단적이고 오만불손했던 그분의 태도가 지금도 똑똑히 기억납니다. 사리 분별이 바르고 현명한 것처럼 평판이나 있긴 하죠. 하지만 그건 부분적으로 영부인의 지위와 재산에서 비롯된 것이죠. 게다가 자기 친척은 누구든 최고의 지성인이라고 믿는 그분의 조카의 오만함이 그런 평판을 얻는 데 한몫을 거들었죠."

엘리자베스는 위컴의 설명이 매우 타당하다고 생각

했다. 두 사람은 저녁 식사를 하느라고 카드놀이를 끝낼 때까지 서로 만족스러운 대화를 이어 갔다. 그제야 다른 아가씨들도 위컴의 관심을 나눠 받을 기회가 있었다.

필립스 부인의 저녁 식사 시간은 너무 시끌벅적해서 대화를 나눌 수 없을 정도였지만, 위컴의 예의 바른 태도는 모든 사람의 호감을 샀다. 그가 하는 말은 모두 설득력이 있었고, 그의 행동은 무엇이든 기품이 넘치는 것 같았다.

이모 집을 나설 때 엘리자베스의 머릿속은 온통 위컴에 대한 생각으로 가득 차 있었다. 집으로 돌아오는 동안 줄곧 그녀는 위컴과 그가 했던 말 이외에는 아무것도 생각할 수 없었다.

그러나 집으로 돌아오는 동안 리디아와 콜린스 씨가 한순간도 입을 다물지 않았기 때문에 위컴의 이름은 입 밖에 낼 수도 없었다. 리디아는 끊임없이 제비뽑기 놀이에서 얼마를 잃었고 얼마를 땄다는 얘기를 떠들어 댔고, 콜린스는 필립스 부인의 예절 바른 태도를 칭찬하며 휘스크 게임에서 잃은 돈을 전혀 개의치 않는다고 목에 핏줄을 세워 가며 말했고, 저녁 식사에 나온 음식을 일일이 열거했다. 그리고 자기 때문에 사촌들이 앉을 자리가 비좁을 거라고 거듭 미안하다고 말하며 마차가 롱본 하우스에 멈춰 설 때까지 하고 싶은 말이 너무 많아 어쩔 줄 몰라 했다.

17

다음 날 엘리자베스는 위컴과 주고받았던 얘기를 제인에게 전했다. 제인은 동생의 이야기를 들으며 놀라고 걱정스러워했다. 그녀는 다아시가 빙리와 우정을 나눌 만한 자격이 없는 사람이라는 사실을 믿기 힘들었다. 그렇다고 위컴처럼 선량해 보이는 청년의 진실성을 의심하는 것도 그녀의 성품에는 용납되지 않는 일이었다. 위컴이 그런 몰인정한 대접을 받았을 거라는 가능성만으로도 그녀의 동정심을 불러일으키기에 충분했다. 그녀로서는 두 사람을 모두 좋게 생각하고 그들의 행동을 옹호할 수밖에 없었다. 다른 방법으로 설명할 수 없는 일은 어쩔 수 없는 상황이나 실수 탓으로 돌렸다.

"두 분 다 우리가 알지 못하는 어떤 이유 때문에 서로 오해했을 거야. 이해관계로 얽힌 다른 사람들이 두 사람을 오해하게 만들었을지도 모르지. 그러니까 내 말은 우리가 두 사람이 갈라서게 된 원인이나 상황에 대해 억지로 추측하다 보면 어느 한쪽을 비난하게 될 수밖에 없다는 거야."

"그건 언니 말이 맞아. 그럼 자기 이해관계 때문에 이 일에 관여했을지도 모르는 사람들에 대해서는 어떻게 말할 건데? 그 사람들도 한번 변론해 봐. 누군가에게는 혐의를 둘 수밖에 없는 거잖아."

"날 비웃고 싶으면 마음대로 비웃어도 좋아. 하지만 네가 아무리 날 비웃어도 내 생각을 바꾸진 못할 거야. 리지, 생각 좀 해 봐. 부친께서 돌봐 주기로 약속하셨던 친구를 그렇게 비열하게 대한다는 건 다아시 씨에게 얼마나 수치스러운 일이겠니? 그건 절대 있을 수 없는 일이야. 인간이라면, 자기 인격을 조금이라도 존중하는 사람이라면 그런 행동은 절대로 할 수 없을 거야. 그리고 그분의 가장 친한 친구들이 그렇게 철저하게 그분에게 속아 넘어갈 수 있다고 생각하니? 아니, 난 그럴 수 없다고 생각해."

"난 위컴 씨가 어젯밤에 내게 한 개인적인 이야기가 모두 꾸며 낸 거라고 생각할 수는 없어. 그렇게 생각하는 것보다는 빙리 씨가 다아시 씨에게 속고 있다고 생각하는 편이 더 쉬울 것 같아. 위컴 씨는 사람들의 이름이며 객관적인 사실들을 구체적으로 내게 털어놓았어. 만일 그 모든 게 사실이 아니라면 다아시 씨에게 반론을 펼 기회를 줘야겠지. 하지만 위컴 씨의 표정은 정말 진실해 보였단 말이야."

"너무 어려운 문제로구나. 정말 딱한 일이야. 난 어떻게 생각하는 게 옳은 건지 모르겠다."

"언니에겐 미안한 말이지만, 난 어떻게 생각하는 게 맞는지 분명하게 알 것 같아."

제인에게 분명한 건, 만일 빙리가 다아시에게 속고 있다면 진실이 밝혀졌을 때 빙리가 무척 괴로워할 거라는 사실뿐이었다. 두 자매가 정원 숲길에서 이런 얘기를 나누고 있을 때 때마침 화제의 주인공들이 그곳에 찾아와서 두 사람을 불러냈다.

빙리와 그의 누이들이 오랫동안 고대하던 네더필드

무도회가 다음 화요일로 정해졌다는 소식을 전하고 직접 초대하기 위해 찾아온 것이었다. 두 아가씨들은 친한 친구를 다시 만나게 된 것을 매우 기뻐했다. 지난번 만난 게 벌써 오래전 일처럼 여겨진다며 그동안 어떻게 지냈느냐고 물었다. 그들은 다른 가족에게는 전혀 신경을 쓰지 않는 것처럼 보였다. 베넷 부인은 되도록 피하는 눈치였고, 엘리자베스에게는 겨우 몇 마디 말을 건넸을 뿐이었다. 다른 자매들에게는 아예 아무 말도 건네지 않았다. 그들은 베넷 부인의 장황한 인사말을 피하려는 것처럼 빙리가 당황스러워할 정도로 황급히 그곳을 떠나 버렸다.

네더필드의 무도회는 베넷 집안의 모든 여자를 들뜨게 만들었다. 베넷 부인은 그 무도회가 제인을 위해 열리는 무도회라고 혼자 결론을 내렸다. 그리고 빙리가 형식적으로 초대장을 보내지 않고 직접 찾아와 준 것에 대해 특히 의기양양해했다. 제인은 그날 저녁 두 친구와 함께 어울려서 빙리와 시간을 보내는 모습을 머릿속으로 그리며 행복해했다. 한편 엘리자베스는 위컴과 마음껏 춤을 출 수 있을 거라는 기대와 다아시의 표정과 행동을 살펴서 확증을 잡겠다는 결심으로 들떠 있었다. 키티와 리디아의 즐거움은 특정한 일이나 사람에게 한정된 것이 아니었다. 그들 역시 무도회에서 절반은 위컴과 춤을 출 작정이었지만, 위컴이 그들을 만족시켜 줄 수 있는 유일한 파트너라고 생각하지는 않았다. 무도회는 무도회답게 많은 남자들과 춤을 춰야 한다는 게 그들의 생각이었다. 심지어 메리도 무도회에 대해 전혀 이의가 없다고 선언했다.

"저는 아침 시간만 혼자 보낼 수 있으면 그걸로 만족해요. 가끔 저녁 모임에 참가하는 것도 그렇게 큰 희생은 아니라고 생각해요. 누구에게나 사교 생활은 필요한 거니까요. 그리고 저도 이따금 오락이나 놀이를 즐기는 것도 바람직하다고 생각하는 사람들 중 하나라는 걸 인정해요."

엘리자베스는 기분이 몹시 들떠서 꼭 필요한 일이 아니면 말을 걸지 않던 평소와는 달리 콜린스 씨에게 빙리 씨의 초대에 응할 생각이냐고 물었다. 그리고 무도회에 참석할 생각이라면 저녁 시간에 춤을 추며 즐기는 걸 옳은 일이라고 생각하느냐고 물어보았다. 그는 놀랍게도 그런 일을 전혀 나쁘게 생각하지 않으며 대주교나 캐서린 영부인께서도 그런 일로 전혀 책망하지 않으실 거라고 대답했다.

"분명히 말씀드리지만 저는 훌륭한 인품을 지닌 젊은 신사분께서 점잖은 분들을 위해 베푸는 이런 무도회는 전혀 해로울 게 없다고 생각합니다. 저는 춤추는 걸 전혀 반대하지 않습니다. 그날 저녁 아름다운 사촌들의 손을 모두 잡아 보는 영광을 누릴 수 있기를 바랄 뿐입니다. 그리고 이 기회에 말씀드리고 싶은 게 있는데 엘리자베스 양에게 처음 두 번의 춤을 저와 함께 추실 수는 없겠는지요. 제인 양도 제가 춤을 청하지 않는 것이 타당한 이유가 있기 때문이고 제인 양을 무시해서가 아니라는 걸 양해해 주시리라 믿습니다."

엘리자베스는 콜린스에게 완전히 역전당한 느낌이었다. 위컴과 추기로 단단히 마음먹었던 처음 두 번의 춤을 대신 콜린스와 춰야 하다니. 자신의 발랄한 성격이 이런 불운한 결과를 가져온 건 처음 당하는 일이었다. 하지만 위컴과의 즐거운 시간은 잠시 미룰 수밖에 없게 되었다. 그녀는 최대한 예의를 갖춰서 콜린스의 청을 받아들였다.

그러나 엘리자베스는 그가 춤을 청한 이면에 다른 의미가 담겨 있을지도 모른다는 불길한 예감이 들었다. 그제야 자신이 베넷 집안의 딸들 중에서 헌스퍼드 목사관의 여주인이 될 자격을 갖춘 여성으로 선택되었다는 생각이 들었다. 자신이 로징스 저택에서 카드놀이를 할 인원이 부족할 때 머릿수를 맞출 사람으로 선택되었다는 사실에 그녀는 소스라치게 놀랐다. 콜린스가 그녀에게 점점 더 예의 바르게 대하고, 그녀의 재치 있고 쾌활한 성격을 자주 칭찬하는 걸 보면서 그런 불길한 추측은 점점 확신으로 굳어져 갔다. 콜린스가 자신의 매력에 끌렸다는 사실이 그녀에게는 기쁘기보다는 그저 놀라울 뿐이었다. 게다가 그녀의 어머니는 두 사람이 결혼한다면 자기로서는 매우 흡족하다는 속마음을 넌지시 내비치기까지 했다. 엘리자베스는 어머니의 언질에 반응을 보였다가는 심각한 언쟁이 벌어질 게 분명할 것 같아서 못 들은 척 넘어가고 말았다. 콜린스가 청혼을 하지 않을지도 모르는 일이었고, 청혼을 한다고 해도 미리 논쟁을 벌일 필요는 없다고 생각했다.

네더필드에 갈 준비와 무도회 얘기로 분주하지 않았더라면 베넷가의 막내 두 딸들은 매우 비참한 처지에 빠질 뻔했다. 초대를 받은 날부터 무도회 당일까지 줄기차게 비가 내려서 메리턴에 한 번도 갈 수가 없었다. 네더필드에 이모를 보러 갈 수도, 장교를 만날 수도, 새로운 소식을 들을 수도 없었다. 네더필드에 신고 갈 구두에 장식할 장미꽃 모양의 리본도 하인을 보내서 구입해야만 했다. 엘리자베스도 날씨 때문에 위컴과 가까워질 기회가 단절되자 인내심을 시험당하고 있는 느낌이었다. 화요일의 무도회가 없었더라면 키티와 리디아는 금요일, 토요일, 일요일 그리고 월요일의 끔찍할 만큼 무료한 시간을 도저히 견뎌 낼 수 없었을 것이다.

18

네더필드의 응접실로 들어서서 그곳에 모여 있는 진홍색 군복 사이에서 위컴의 모습이 보이지 않는 걸 확인할 때까지 엘리자베스는 그가 참석할 거라는 사실을 꿈에도 의심하지 않았다. 그와 나누었던 대화 내용을 돌이켜 보면 충분히 그가 참석하지 않을 가능성이 있었지만, 그녀는 당연히 그를 만날 것으로 믿고 있었다. 엘리자베스는 그날따라 평소보다 더 신경 써서 옷을 골랐다. 그리고 그날 저녁 안으로 아직 자신에게 완전히 넘어오지 않은 그의 마음을 정복하겠다는 결연한 의지를 다지고 있었다. 하지만 그가 없다는 걸 확인하는 순간, 갑자기 두려움이 엄습했다. 빙리가 장교들을 초대하면서 다아시가 불편해할 걸 염려해서 의도적으로 위컴을 초대하지 않았을 수도 있다는 생각이 들었다.

사실은 엘리자베스의 추측과 달랐지만, 위컴이 참석하지 않을 거라는 사실은 그의 친구인 데니에 의해 확실해졌다. 리디아가 집요하게 캐묻자 데니는 위컴이 그 전날 볼일이 있어서 런던에 갔는데 아직 돌아오지 않았다고 말하면서 미묘한 미소를 지었다.

"이곳에 계시는 어떤 신사분을 피하고 싶어 하지 않았다면 하필 이럴 때 런던에 갈 일이 생기지는 않았겠죠."

리디아는 그의 말뜻을 알아듣지 못했지만 엘리자베스는 무슨 말인지 짐작할 수 있었다. 위컴이 오지 않은 이유가 자신의 짐작대로 다아시 때문이라는 확신이 들자 순간적으로 그에 대해 불쾌한 감정이 치밀어 올랐다. 그녀에게 다가와 정중하게 인사를 건네는 다아시에게 답변하는 것조차 참기 힘들었다. 다아시에게 관심을 보이고 관대하게 대하는 것은 위컴을 모독하는 일이라는 생각이 들었다. 그녀는 다아시와 아무 말도 하지 않겠다고 마음먹고 언짢은 기분으로 돌아섰다. 빙리가 맹목적으로 다아시 편을 들고 있다는 생각이 들자 빙리와 대화를 나누는 동안에도 그에 대한 불쾌한 감정을 억누를 수가 없었다.

하지만 엘리자베스는 불쾌한 기분을 계속 가슴에 품고 있는 성격은 아니었다. 그날 저녁 무도회에 대한 부푼 기대가 모두 무너져 버렸지만, 그런 실망감도 그녀를 오랫동안 우울하게 만들지는 못했다. 그녀는 일주일이나 만나지 못했던 샬럿 루카스에게 속상한 사정을 모두 털어놓았다. 그리고 콜린스의 괴팍한 성품에 대한 화제로 이야기꽃을 피웠다.

그러나 콜린스와 두 번 춤을 추면서 엘리자베스의 기분은 다시 바닥으로 떨어졌다. 그와 춤을 추는 건 그야말로 고역이었다. 그는 춤에 집중하지 못하고 어색하게 점잔을 빼면서 춤을 잘 못 추는 것에 대해 온갖 변명을 늘어놓았다. 게다가 실수를 하고서도 자신이 실수한 것조차 알아차리지 못할 만큼 둔감했다. 그녀에게는 마음에 들지 않는 파트너와 춤을 출 때 경험할 수 있는 온갖 수치심과 참담한 기분을 맛보는 시간이었다. 그에게서 해방되고 나자 엘리자베스는 날아갈 듯 가벼운 기분이었다.

엘리자베스는 콜린스 다음에 한 장교와 춤을 추었다. 그는 위컴에 대해 대부분의 사람들이 호감을 가지고 있다고 말했다. 그 말을 듣자 엘리자베스는 기분이 조금 좋아지는 것 같았다. 장교와 춤을 추고 난 후 그녀는 다시 샬럿 루카스에게 돌아가 대화를 나누고 있었다. 그때 갑자기 다아시가 다가와 그녀에게 춤을 청했다. 그녀는 얼떨결에 승낙을 하고 말았다. 그는 곧 다른 쪽으로 걸어갔고, 엘리자베스는 자신이 저지른 어이없는 행동에 대해 화가 나서 견딜 수가 없었다. 샬럿이 씩씩대는 엘리자베스에게 위로의 말을 건넸다.

"그분도 알고 보면 틀림없이 좋은 사람일 거야."

"말도 안 돼. 만일 그렇게 된다면 그건 최악의 불행한 사건이야. 미워하기로 작정한 사람이 알고 보니 좋은 사람이었다, 이거 아냐? 그런 악담은 제발 그만둬."

다시 춤이 시작되자 다아시가 다가와 그녀에게 춤을 청했다. 샬럿은 귓속말로 엘리자베스에게 위컴을 좋아한다고 해서 그 남자보다 열 배는 더 지위가 높은 남자를 불쾌하게 대하는 숙맥 같은 짓은 하지 말라고 충고했다. 엘리자베스는 친구의 말에는 아무 대답도 하지 않고 춤추는 사람들 속에 섞여 들어갔다.

그러나 다아시와 마주 서자 이상하게도 갑자기 자신의 지위가 높아지기라도 하는 것처럼 기분이 붕 떠오르는 것 같았다. 그들을 지켜보는 사람들의 표정에서도 그런 감정이 읽혔다. 두 사람은 한참 동안 한마디도 대화를 나누지 않았다. 두 번 춤을 추는 동안 계속 침묵이 이어질 것 같았다. 그녀는 끝까지 자기가 먼저 침묵을 깨지는 않겠다고 마음먹었지만, 문득 자기 파트너가 말을 하지 않을 수 없게 만드는 게 그를 더 괴롭히는 방법이라는 생각이 들었다. 엘리자베스는 내키지는 않지만 억지로 입을 열어 춤에 대해 몇 마디 말을 건넸다. 그러나 다아시는 짤막하게 몇 마디 대답하고는 다시 굳게 입을 다물어 버렸다. 몇 분간 침묵이 흐른 뒤 그녀는 더 이상 참을 수가 없어서 또다시 먼저 말을 꺼내고 말았다.

"이젠 그쪽에서 뭔가 말씀을 하셔야 할 차례인 것 같은데요. 제가 춤에 대해 얘기를 했으니까 다아시 씨도 방의 크기라든지 아니면 춤추는 커플의 숫자라든지 뭐 그런 얘기라도 하셔야죠."

그는 미소를 지으며 무엇이든 그녀가 원하는 이야기

를 하겠다고 했다.

"좋아요. 우선은 그 대답으로 넘어가 드리죠. 하지만 조금 후에 제가 이런 공식적인 무도회보다는 개인적인 무도회가 훨씬 더 재미있다는 말을 할 것 같네요. 어쨌든 지금 당장은 침묵을 지켜도 별로 이상할 것 같지는 않군요."

"춤을 출 때도 대화의 규칙을 따르시나요?"

"경우에 따라서는 그러기도 하죠. 이럴 때는 대화를 나누는 게 자연스럽지 않은가요? 30분 동안 말 한마디도 나누지 않으면서 춤을 추는 걸 보면 사람들도 우리를 이상하게 볼 거예요. 물론 상대방에 따라서 가능한 한 말을 하는 수고를 하지 않게 하는 게 좋을 수도 있죠."

"그럼 지금 엘리자베스 양은 자신의 기분을 따르시는 건가요, 아니면 제 기분을 맞춰 주시는 건가요?"

"둘 다죠."

엘리자베스가 장난스런 표정으로 대답했다.

"전 우리 두 사람의 성향이 아주 비슷하다고 생각했거든요. 우리 둘 다 사교적이지 못하고 무뚝뚝한 편이잖아요? 사람들의 박수갈채를 받거나 후대까지 전해질 훌륭한 격언이 아니면 입을 열기 싫어하니 말이죠."

"그건 엘리자베스 양의 성격에 꼭 들어맞는 얘기는 아닐 것 같군요. 제 성격에 얼마나 근접했는지는 잘 모르겠지만, 엘리자베스 양께서는 그 말씀이 저를 정확하게 묘사했다고 생각하시나 봅니다."

"제가 한 묘사에 대해 스스로 평가를 내릴 수는 없는 것 아닌가요?"

다아시는 그 말에는 아무 대답도 하지 않았다. 두 사람은 춤이 끝날 때까지 다시 침묵을 지켰다. 춤이 끝나자 다아시가 엘리자베스에게 자매들과 함께 자주 메리턴에 가느냐고 물었다. 그녀는 그렇다고 대답하고 나서 더 이상 참지 못하고 이렇게 말해 버렸다.

"지난번에 저희를 만났던 날 기억하시죠? 그때 전 어떤 남자분을 막 소개받은 참이었어요."

그녀의 말에 다아시는 즉각적인 반응을 보였다. 그의 얼굴에는 평소보다 더 짙은 오만의 그림자가 드리워졌고 입술은 더욱 굳게 다물어졌다. 엘리자베스는 용기가 부족한 자신을 속으로 질책하면서도 더 이상 말을 꺼낼 수가 없었다. 드디어 다아시가 어색한 태도로 말문을 열었다.

"위컴 씨는 워낙 좋은 인상을 타고나서 쉽게 친구를 사귀는 편이죠. 하지만 그런 우정을 지속할 능력이 있는지는 의문입니다."

"그분은 불행하게도 다아시 씨의 우정을 잃어버리셨죠. 그것도 평생 고통을 당할 수밖에 없는 방법으로 말이에요."

엘리자베스는 목소리에 힘을 줘 말했다.

다아시는 그녀의 말에 아무 대답도 하지 않았다. 화제를 다른 것으로 바꾸길 바라는 눈치였다. 그때 춤추는 사람들을 통과해서 방 반대쪽으로 가려던 윌리엄 루카스 경이 두 사람 곁을 지나갔다. 그는 다아시를 보자 걸음을 멈추고 가벼운 목례를 보낸 다음 그의 춤 솜씨와 파트너에 대해 칭찬했다.

"정말 감탄했습니다, 다아시 씨. 이렇게 훌륭한 춤은 좀처럼 보기 힘들죠. 제게 정말 최고의 춤 솜씨를 보여주셨습니다. 이런 말씀드리면 실례가 될지 모르지만, 아름다운 파트너께서도 뒤지지 않을 만큼 훌륭하게 춤을 추시는군요. 이런 즐거운 기회가 자주 있게 되겠죠? 특별히 경사스러운 일이 생기면 말입니다, 엘리자 양."

그는 이렇게 말하면서 제인과 빙리를 힐끔 쳐다보았다.

"그렇게 되면 얼마나 축하할 일이겠습니까? 다아시 씨, 잘 부탁드립니다. 아! 더 이상 두 분을 방해하지 않겠습니다. 젊은 아가씨와 즐거운 대화를 나누시는데 제가 끼어들면 반가울 리가 없죠. 엘리자 양의 빛나는 눈도 저를 책망하고 있군요."

다아시는 그의 마지막 말은 귀담아듣지 않은 것 같았지만, 그의 친구를 암시하는 말에 놀란 듯이 함께 춤추고 있는 빙리와 제인을 심각한 표정으로 바라보았다. 그러나 잠시 후 그들에게서 시선을 거두고 파트너에게 말했다.

"윌리엄 경이 방해하시는 바람에 무슨 얘기를 하고 있었는지 잊어버렸네요."

"아무 얘기도 하지 않았던 것 같은데요. 윌리엄 경이 방해한 두 사람은 이 방 안에서 가장 할 말이 없는 사람들이었죠. 두어 가지 화제를 시도해 봤지만 모두 실패했고, 이젠 무슨 얘기를 해야 할지 모르겠네요."

"책 얘기는 어떨까요?"

그가 어색하게 미소를 지으며 말했다.

“책이라니요? 그건 아닌 것 같은데요. 우리가 같은 책을 읽었을 리도 없고, 혹여 같은 책을 읽었다고 해도 같은 감상을 느꼈을 리도 없으니까요.”

“그렇게 생각하신다면 유감이군요. 하지만 책 얘기를 하면 적어도 화젯거리가 궁하진 않을 것 같은데요. 서로 다른 견해를 비교할 수도 있을 테니까요.”

“전 사양하겠어요. 무도회장에서 책 이야기를 하고 싶진 않아요. 제 머릿속은 다른 생각으로 가득 차 있거든요.”

“이런 장소에서는 당장 눈앞에 보이는 것들을 생각하신다는 말씀인가요?”

그는 이해할 수 없다는 표정으로 물었다.

“네, 전 항상 그래요.”

엘리자베스는 그와 나누고 있는 대화와는 전혀 상관없는 일에 정신이 팔려 있어서, 자신이 무슨 말을 하고 있는지 의식하지 못했다. 그녀가 다른 생각을 하고 있다는 것은 그녀가 불쑥 던진 말로 탄로가 나고 말았다.

“언젠가 이런 말씀을 하신 적이 있죠? 본인이 다른 사람의 잘못을 잘 용서하지 못하는 편이고, 한번 화가 나면 쉽게 풀리지 않는 성격이라고 말이에요. 그렇다면 다아시 씨는 될 수 있으면 화를 내지 않으려고 조심하시겠군요."

"네, 그렇습니다."

그는 매우 단호한 어조로 말했다.

"그럼 편견 때문에 판단력이 흐려지는 걸 스스로 용납하지 않으시겠네요?"

"그럴 수 있기를 바랍니다."

"자신의 생각을 절대 바꾸려고 하지 않는 사람들은 특별히 처음부터 올바른 판단을 해야 할 의무가 있다고 생각해요."

"제게 이런 질문을 하시는 의도가 무엇인지 여쭤 봐도 되겠습니까?"

"다아시 씨의 성격을 분명히 파악하고 싶어서 그런 질문을 드리는 거예요."

그녀는 지나치게 심각한 표정을 짓지 않으려고 애쓰면서 말했다.

"그래서 어떤 결론을 얻으셨나요?"

그녀는 고개를 저으며 말했다.

"아직 아무 결론도 얻지 못했어요. 다아시 씨에 대한 사람들의 견해가 너무 상반된 것들이라 혼란스럽네요."

"사람들이 저에 대해서 서로 엇갈린 말을 할 거라는 건 저도 쉽게 짐작이 갑니다. 저로서는 베넷 양이 지금 제 성격의 윤곽을 그리려는 시도를 하지 않으셨으면 합니다. 그건 우리 두 사람 모두에게 명예롭지 못한 일이 될 수도 있으니까요."

"하지만 지금 다아시 씨를 스케치라도 해 놓지 않으면 다시는 그런 기회가 없을 것 같군요."

"베넷 양이 정 그러시다면 굳이 말리고 싶지는 않습니다."

그가 차갑게 말했다. 엘리자베스는 더 이상 말을 하지 않았다. 두 사람은 말없이 춤을 끝내고 헤어졌다. 둘 다 실망스러운 기분이었지만 그 정도는 확연히 달랐다. 다아시의 불쾌한 기분은 엘리자베스에 대한 뜨거운 연모의 감정 때문에 금방 풀어질 수 있었다. 하지만 그는 대신 다른 사람에게 분노의 화살을 돌렸다. 두 사람이 헤어지고 나서 잠시 후 빙리 양이 엘리자베스에게 다가

왔다. 그녀는 예의를 갖추는 척하면서 은근히 무시하는 말투로 엘리자베스에게 말했다.

"엘리자 양, 조지 위컴 씨에게 무척 호감을 갖고 있다면서요? 제인 양이 그분 얘기를 하면서 많은 걸 묻더군요. 그 사람은 엘리자 양에게 별별 얘기를 다 하면서도 자기가 돌아가신 다아시 씨의 집사였던 위컴 씨 아들이란 얘기는 잊어버리고 하지 않았나 보죠? 제가 친구로서 충고하는 건데, 그 사람 얘기를 무조건 다 믿지 않는 게 좋을 거예요. 다아시 씨가 그 사람에게 부당한 행동을 했다는 건 새빨간 거짓말이에요. 오히려 조지 위컴 씨가 지독히 파렴치한 짓을 했는데도 다아시 씨는 그 사람에게 더할 나위 없이 관대하게 대해 주셨죠. 자세한 내막은 저도 잘 모르지만 다아시 씨에게 아무 잘못도 없다는 건 분명해요. 다아시 씨는 조지 위컴의 이름이 사람들의 입에 오르내리는 것조차 참기 힘들어했어요. 저희 오빠도 위컴 씨가 파티에 오지 않는 걸 다행스럽게 생각했어요. 그 사람이 이곳에 오는 것부터가 뻔뻔하기 짝이 없는 일이죠. 어떻게 그럴 생각을 할 수 있었는지 어이가 없군요. 엘리자베스 양은 자기가 좋아하는 사람의 치부가 드러나서 속이 상하실 테죠. 하지만 그 사람의 집안을 생각하면 그런 행동을 하는 게 당연한 일인지도 모르죠."

"빙리 양이 지금 하는 말은 그러니까 그분의 집안과 그분의 잘못된 행동이 동일하다는 뜻인가요? 그분이 다아시 씨 집사의 아들이라는 게 가장 비난받을 일이라도 되는 것처럼 얘기하는군요. 그 사실은 위컴 씨가 본인 입으로 직접 제게 말씀해 주셨어요."

엘리자베스가 분개하며 말했다.

"미안해요. 제가 공연한 참견을 했네요. 전 좋은 뜻으로 말했던 건데."

빙리 양은 비꼬는 듯한 미소를 머금으며 돌아섰다.

"건방진 계집애 같으니!"

엘리자베스는 혼자 중얼거렸다.

"그따위 시시한 말로 내 생각을 바꿀 수 있을 거라고 생각했다면 나를 완전히 오해한 거야. 네가 얼마나 고집스럽고 무식한 여자인지, 다아시 씨가 얼마나 악랄한 인간인지 더 분명히 알게 해 준 걸 오히려 고마워해야겠군."

엘리자베스는 언니를 찾아 주위를 두리번거렸다. 제인은 빙리에게 다아시와 위컴의 일에 관해 물어보겠다고 엘리자베스에게 약속했었다. 제인은 지극히 만족스럽고 행복한 미소를 지으며 엘리자베스를 맞았다. 그날 저녁 무도회가 제인에게 얼마나 즐거운 시간인지 한눈에 알 수 있었다.

언니가 행복한 기분에 젖어 있다는 걸 확인하자 위컴에 대한 염려와 그의 적들에 대한 분노가 눈 녹듯 사라지는 것 같았다. 언니가 순탄하게 행복한 길을 갔으면 좋겠다는 생각을 하며 엘리자베스는 언니처럼 환한 미소를 지었다.

"언니, 위컴 씨에 대해서 어떤 얘기를 들었어? 물론 빙리 씨에게 푹 빠져서 다른 사람 생각할 여유가 없었겠지. 그렇다고 해도 너그럽게 용서해 줄게."

"아니야. 위컴 씨 일을 잊지는 않았어. 그렇지만 네가 만족할 만한 얘기는 듣지 못했어. 빙리 씨도 위컴 씨의 신상 문제에 대해 잘 모른다는구나. 더구나 다아시 씨의 노여움을 사게 된 정황에 대해서는 전혀 아는 게 없다고 했어. 그렇지만, 다아시 씨가 정직하고 올곧은 사람이고, 명예를 무척 소중하게 여기는 친구라는 건 보증할 수 있다고 하더라. 그리고 위컴 씨가 다아시 씨에게 과분한 대우를 받았다고 믿고 있었어. 네게는 미안한 얘기지만 빙리 씨나 그의 누이동생 말을 들으면 위컴 씨는 존경할 만한 사람은 못 되는 것 같아. 몰지각한 행동을 해서 다아시 씨의 신뢰를 잃을 수밖에 없었대."

"빙리 씨가 위컴 씨를 직접 아는 건 아니잖아."

"그건 그래. 요전 날 아침에 메리턴에서 처음 만났대."

"그럼 빙리 씨가 한 얘기는 전부 다 다아시 씨에게서 들은 거겠네. 이제 좀 알 것 같아. 그럼 목사직에 대해서는 뭐라고 했어?"

"다아시 씨에게서 그 얘기를 여러 번 듣기는 했다는데 어떻게 된 건지 구체적인 상황은 기억이 안 난대. 그렇지만 목사직은 조건부로 물려받은 것 같다고 했어."

"빙리 씨의 말이 진실이라는 건 의심할 여지가 없겠지. 언니에겐 좀 미안한 말이지만 그분의 생각만 가지고 판단할 수는 없어. 빙리 씨가 자기 친구를 옹호하는 건 훌륭한 태도지만 그분도 구체적인 상황을 자세히 아는 건 아니고, 잘 모르는 부분은 친구를 통해서 알게 된 거잖아. 그러니까 나는 두 사람에 대해 이전과 다르게 생각하지는 않을 거야."

그렇게 말하고 나서 엘리자베스는 두 사람 모두가 흥미를 갖고 공감할 수 있는 주제로 대화를 바꾸었다. 엘리자베스는 제인이 빙리의 애정에 대해 품고 있는 행복하고 소박한 소망을 기쁜 마음으로 들어 주었다. 그리고 진심으로 언니의 자신감을 북돋워 주었다. 그때 빙리가 두 사람의 대화에 끼어들어서 엘리자베스는 자리를 비켜 주고 루카스 양이 있는 곳으로 다가갔다. 바로 전 파트너가 어땠느냐는 루카스 양의 질문에 엘리자베스가 미처 대답하기도 전에 콜린스가 다가왔다. 그는 두 사람에게 희색이 만면한 얼굴로 방금 전에 아주 중요한 사실을 알게 되었다고 말했다.

"방금 전 이 방 안에 제 후원자와 가까운 친척이 계신 걸 발견했습니다. 그 신사분이 이 집의 주인이신 젊은 숙녀분에게 자신의 사촌인 드 버그 양과 어머니이신 캐서린 영부인의 존함을 말씀하시는 걸 우연히 들었습니다. 어떻게 이런 신기한 일이 있을 수 있을까요? 이 무도회에서 캐서린 드 버그 영부인의 조카분을 만나게 될 줄 상상이나 했겠습니까? 때마침 알게 돼서 그분에게 경의를 표할 수 있게 된 게 얼마나 감사한 일인지 모르겠습니다. 지금이라도 인사를 드리면 더 일찍 알아 뵙지 못한 걸 용서해 주실 겁니다. 친척이라는 사실을 전혀 몰랐다고 말씀드리면 제 사과를 기꺼이 받아 주시겠죠."

"다아시 씨에게 직접 인사하실 거란 말인가요?"

"물론이죠. 진작 인사드리지 못한 걸 용서해 달라고 간청해야죠. 그분은 캐서린 영부인의 조카분이 틀림없어요. 지난주까지 영부인께서 매우 건강하셨다는 걸 알려 드리는 게 제가 해야 할 도리죠."

엘리자베스는 콜린스의 계획을 단념시키려고 열심히 그를 설득했다. 다아시 씨는 자신의 소개 없이 직접 인사하는 걸 이모님에 대한 예의가 아니라 몰상식한 행동으로 생각할 것이며, 두 사람이 아는 척해야 할 이유도 전혀 없고, 인사를 한다고 해도 신분이 더 높은 다아시 씨가 먼저 나서는 게 맞는 일이라고 말했다. 콜린스는 무슨 말을 해도 자신의 생각을 실행하겠다는 결연한 표정으로 엘리자베스의 말을 듣고 나서 이렇게 대답했다.

"엘리자베스 양의 이해력의 범위 안에서 모든 문제

에 대해 탁월한 판단력을 지니신 것에 대해 무한한 존경심을 표합니다. 죄송한 말씀이지만 평신도들의 세속적인 관습과 목회자들의 예의범절 사이에는 엄청난 차이가 있다는 걸 말씀드리지 않을 수 없군요. 저는 성직자의 직분이 가장 높은 지위와 그 위엄이 맞먹는다고 감히 말씀드립니다. 물론 겸손한 행동이 병행되어야 마땅하다고 생각합니다만, 이번 경우는 제 양심의 명령에 따라서 저의 의무로 여기는 일을 행할 수 있도록 허락해 주시기 바랍니다. 다른 문제에 관해서는 엘리자베스 양의 충고가 저의 지속적인 안내자가 되어 주시겠지만, 이번만은 충고를 따르지 않는 걸 용서해 주십시오. 이번 경우는 엘리자베스 양 같은 젊은 숙녀분보다 교육과 몸에 배인 학습에 의해 옳은 것을 판단할 수 있는 제가 더 적격인 것 같습니다."

그는 정중하게 인사를 하고 다아시를 공략하기 위해 그녀의 옆자리를 떠났다. 엘리자베스는 콜린스의 행동을 다아시가 어떻게 받아들이는지 유심히 지켜보고 있었다. 그의 얼굴은 당돌한 콜린스의 소개에 황당해하는 표정이 역력했다. 그녀의 사촌은 먼저 깍듯이 인사를 한 다음 말문을 열었다. 말소리는 들리지 않았지만 그가 어떤 말을 하는지 모두 알아들을 수 있을 것 같았다. 그의 입술의 움직임을 보면, '죄송'이니 '헌스퍼드'니 '캐서린 드 버그 영부인'이니 하는 단어를 발음하고 있다는 걸 알 수 있었다. 엘리자베스는 그가 다아시 같은 사람에게 비굴하게 행동한다는 사실에 화가 치밀어 견딜 수가 없었다. 다아시는 어이없는 표정으로 콜린스를 바라보고 있었다. 마침내 콜린스가 그에게도 말할 기회를 주자, 그는 예의를 갖춰 냉담하게 대답했다. 그러나 콜린스는 전혀 낙심하는 기색 없이 다시 말을 시작했다. 그의 말이 길어질수록 다아시는 더욱 경멸하는 눈초리로 그를 노려보았다. 그의 이야기가 끝나자 다아시는 가볍게 목례를 하고 다른 쪽으로 가 버렸다. 그제야 콜린스는 엘리자베스에게로 돌아왔다.

"제가 지금 받은 대접에 대해서 조금도 불만을 품을 이유는 없다고 생각합니다. 다아시 씨는 제가 인사드린 걸 무척 기뻐하시는 것 같았습니다. 그분은 제게 예의를 갖춰 답변해 주셨고, 캐서린 영부인이 얼마나 신중하신 분인지 잘 알기 때문에 그분이 제게 호의를 베푸셨다면 제게 그럴 만한 자격이 있기 때문일 거라면서 칭찬의 말씀까지 해 주셨습니다. 정말 사려 깊은 분이더군요. 저는 전반적으로 그분이 마음에 들었습니다."

엘리자베스는 그의 말이 더 이상 자신과 상관없다고 느꼈기 때문에 언니와 빙리를 관찰하는 일에 관심을 쏟기로 했다. 두 사람의 모습을 바라보며 그들에게 펼쳐질 즐거운 일들을 상상하는 동안 엘리자베스는 언니 못지않게 행복한 기분에 빠져들어 갔다. 그녀는 제인이 파티가 열리고 있는 이 집에 정착해서 진실한 애정으로 맺어진 결혼에서 오는 모든 행복을 누리며 사는 모습을 그려 보았다. 그렇게 될 수만 있다면 빙리의 두 누이동생을 좋아하려는 노력도 마다하지 않을 것 같았다. 베넷 부인 역시 같은 생각을 하고 있는 게 분명했다.

그녀는 어머니가 하는 이야기를 너무 많이 듣게 될 것이 걱정스러워서 곁에 가까이 가지 않아야겠다고 생각했다. 그러나 공교롭게도 저녁 식탁에서 한 사람 건너 어머니 옆자리에 앉게 되었다. 어머니가 루카스 부인에게 제인이 곧 빙리 씨와 결혼하게 될 거라는 얘기를 공개적으로 하는 걸 듣자 그녀는 화가 치밀어 올랐다. 베넷 부인에게는 너무도 신나는 화제가 아닐 수 없었다. 그녀는 두 사람 결혼의 좋은 점을 끝도 없이 늘어놓았다. 빙리 씨가 매력적인 청년이고, 굉장한 부자인데다 자기 집에서 겨우 3마일밖에 떨어지지 않은 곳에 살고 있다는 점이 그녀가 축하할 첫 번째 이유였다. 다행스럽게도 빙리 씨의 두 누이동생 역시 제인을 무척 마음에 들어 해서 자기 못지않게 이 결혼이 성사되기를 바라고 있다고 했다. 두 사람의 결혼은 어린 두 딸에게도 무척 바람직한 일이었다. 제인이 그렇게 훌륭한 집안으로 시집을 가게 되면, 동생들도 부자 청년을 만날 수 있는 기회가 많을 게 분명했다. 마지막으로 자신의 연배에 아직 시집 안 간 딸들을 큰딸에게 맡기고 내키지 않는 모임에 억지로 갈 필요가 없게 된 것도 정말 다행이라고 했다. 사실 베넷 부인은 아무리 나이가 먹어도 집에 있는 걸 절대로 좋아하지 않을 사람이었다. 그런 상황에서는 그렇게 말하는 게 나이 든 여자에게 어울리는 일일 뿐이었다. 그녀는 루카스 양에게도 하루빨리 그런 행운이 찾아왔으면 좋겠다는 말로 끝을 맺었다. 그러나 그런 일은 절대로 없을 거라고 생각하면서 우쭐해하는 속마음이 빤히 드러나 보였다.

엘리자베스는 어머니에게 말을 좀 천천히 하라고도 하고, 목소리를 좀 낮추라고도 했지만 모두 소용없는 일이었다. 더욱 견디기 힘든 건 하필 맞은편에 다아시가 앉아 있어서 어머니가 하는 말을 거의 다 듣고 있다는 사실이었다. 베넷 부인은 엘리자베스에게 쓸데없는 소리하지 말라며 오히려 나무랐다.

"다아시 씨가 대관절 나랑 무슨 상관이 있다고 내가 그 사람 눈치를 봐야 한다는 거냐? 그 사람이 싫어하는 말을 하면 안 될 만큼 우리가 빚진 거라도 있다는 거니?"

"어머니, 제발 목소리 좀 낮추세요. 다아시 씨 기분을 상하게 해서 어머니한테 득이 될 게 뭐가 있어요. 괜히 그분 친구한테 안 좋은 인상만 주게 될 텐데요."

엘리자베스가 어떤 말을 해도 베넷 부인은 꿈쩍도 하지 않았다. 그녀는 여전히 사람들에게 다 들릴 만큼 큰 소리로 떠들어 댔다. 엘리자베스는 창피하고 화가 나서 얼굴이 점점 더 붉어졌다. 자기도 모르게 다아시 쪽으로 눈길이 갔고 그럴 때마다 자신이 염려했던 사실을 확인할 수 있었다. 그는 줄곧 베넷 부인을 쳐다보고 있지는 않았지만 그녀의 말에 주의를 집중하고 있는 게 분명했다. 그의 얼굴은 처음에는 화가 나고 경멸하는 듯한 표정이더니 점점 침착하고 심각한 표정으로 굳어져 갔다.

드디어 베넷 부인의 수다도 바닥을 드러냈다. 전혀 공감할 수 없는 베넷 부인의 얘기를 반복해서 듣느라 하품만 하고 있던 루카스 부인은 그제야 해방되어 식어 빠진 햄과 닭고기를 맛볼 수 있었다.

엘리자베스도 겨우 활기를 되찾았다. 그러나 평화로운 순간은 길지 않았다. 저녁 식사가 끝나자 노래에 대한 이야기가 나왔고, 청하는 사람들도 별로 없는데 메리가 노래를 부르겠다고 나서는 바람에 엘리자베스는 창피해서 견딜 수가 없었다. 메리에게 의미심장한 눈길을 보내기도 하고 말없이 애원하는 눈빛을 보이기도 하면서 허영에 들뜬 과시적인 행동을 막아 보려고 안간힘을 썼지만 소용없는 일이었다. 메리는 언니가 보내는 신호를 읽어 낼 마음이 전혀 없었다. 메리는 자신의 재능을 과시할 수 있는 기회가 주어진 것을 행복해하며 노래를 부르기 시작했다. 엘리자베스는 가슴이 조마

조마해서 동생에게서 한순간도 시선을 뗄 수가 없었다. 메리가 몇 소절을 부르는 동안 엘리자베스는 어서 노래가 끝나기만을 마음 졸이며 기다렸다. 그러나 그녀의 노심초사는 수포로 돌아갔고 한 곡이 끝나고 테이블에서 감사를 표하며 한 곡 더 해 달라는 소리가 나오자 불과 30초도 안 돼 메리는 다시 노래를 시작했다. 메리의 노래 실력은 결코 그런 자리에서 자랑할 만한 게 못 되었다. 무엇보다 성량이 작았고 노래 부르는 태도도 과장되고 부자연스러웠다. 엘리자베스에게는 그 시간이 견디기 힘든 고역이었다. 제인도 힘들어할 거라고 생각해서 그녀가 있는 쪽을 바라보니, 그녀는 아무렇지도 않은 표정으로 빙리와 얘기를 나누고 있었다. 다음으로 빙리의 누이들을 보자 서로 비웃는 듯한 표정을 교환하고 있는 모습이 눈에 들어왔다. 다아시는 전혀 동요하는 기색 없이 여전히 진지하고 심각한 표정을 짓고 있었다. 엘리자베스는 메리가 저녁 내내 노래를 부를까 봐 아버지에게 제발 말려 달라는 애원의 눈길을 보냈다. 그녀의 생각을 알아차린 베넷 씨는 메리가 두 번째 곡을 끝내자 큰 소리로 말했다.

"정말 잘했다. 그만하면 충분히 우리를 즐겁게 해 준 것 같구나. 다른 아가씨들에게도 실력을 발휘할 기회를 줘야지."

메리는 못 들은 척했지만 약간은 당황한 기색이었다. 엘리자베스는 메리에게나 아버지에게 미안한 생각이 들었다. 공연히 조바심을 낸 게 결국 아무 이득도 되지 못한 것 같았다. 이제 다른 사람에게 노래 신청이 들어오고 있었다.

그때 불쑥 콜린스가 나섰다.

"만일 제게 노래에 소질이 있다면 여러분에게 노래를 한 곡 선사하는 기쁨을 누릴 겁니다. 저는 음악을 대단히 순수한 오락이라고 생각하고, 목회자라는 직업과 완벽하게 양립할 수 있다고 생각합니다. 그렇다고 우리 같은 목회자들이 음악에 너무 많은 시간을 할애하는 것이 정당화된다고 생각하는 건 아닙니다. 분명히 신경 써야 할 다른 일들이 있으니까요. 교구 목사들은 할 일이 많습니다. 무엇보다 자신에게 도움이 되면서도 후견인이 기분 상하지 않을 수준에서 십일조를 정해야 합니다. 설교 원고도 직접 작성해야 하고, 얼마 되지 않는 남는 시간은 교구 일을 하고 사택을 가꾸고 개선하는 데 사용해야 합니다. 자신의 처소를 최대한 안락하게 가꾸는 일 또한 게을리해서는 안 되는 일입니다. 또한 모든 사람들에게, 특히 자신을 임용해 주신 분들에게 관심을 쏟고 양보하는 자세를 취하는 것도 결코 가볍게 생각할 일은 아닙니다. 그것은 목사로서 빼놓을 수 없는 의무입니다. 그분의 친척분들에게 경의를 표할 기회를 놓치는 목사라면 훌륭한 목사라고 할 수 없겠죠."

그는 다아시에게 목례를 하는 것으로 말을 마쳤다. 그의 목소리는 방 안에 있던 사람들 반 정도는 들었을 정도로 크고 우렁찼다. 많은 사람들이 놀라서 그를 쳐다보거나 미묘한 미소를 지었다. 그러나 그중에서 가장 재미있어 하는 사람은 베넷 씨였다. 그의 아내는 콜린스 씨의 연설이 적절한 내용이었다고 진심으로 칭찬하면서 루카스 부인에게 콜린스 씨가 정말 현명하고 좋은 청년이라고 반쯤 속삭이는 목소리로 말했다.

엘리자베스에게는 그날 저녁 자기 가족이 망신을 당하려고 단단히 작정하고 온 것처럼 보였다. 자신이 맡은 역할을 그보다 더 신나고 훌륭하게 성공적으로 해낼 수는 없을 것 같았다. 그나마 다행스러운 건 빙리가 이런 구경거리를 일부 못 보고 지나쳤다는 것과 제인에게 푹 빠져 있어서 분명히 목격했을 한심한 광경에 그다지 신경을 쓰지 않았다는 점이었다. 그러나 빙리의 누이들과 다아시에게 자기 가족을 조롱할 빌미를 제공했다는 건 그녀에게 너무도 자존심 상하는 일이었다. 다아시의 무언의 경멸과 여자들의 조롱하는 미소 중 어느 것이 더 견디기 힘든 모욕인지 가늠할 수가 없었다.

그날 저녁 남은 시간은 엘리자베스에게 조금도 즐거울 리가 없었다. 콜린스는 집요하게 옆에 붙어서 그녀를 귀찮게 했고, 그녀를 설득해서 다시 춤을 추는 데는 성공하지는 못했지만 다른 사람들과 춤을 출 수 없게 만들었다. 콜린스에게 다른 여자와 춤을 추라고 권유하기도 하고, 방 안에 있는 다른 아가씨를 소개해 주겠다고도 했지만, 그는 전혀 들으려고 하지 않았다. 그는 자기는 춤에는 전혀 관심이 없으며, 엘리자베스를 자상하게 배려해서 호감을 얻는 것이 목적이기 때문에 저녁 내내 그녀의 곁을 지키겠다고 말했다. 그의 단호한 결심은 어떤 말로도 흔들리지 않았다. 엘리자베스를 구원해 준 사람은 루카스 양이었다. 그녀는 자주 그들의 대화에 끼어들어 콜린스를 자연스럽게 자신의 대화 상대로 만들었다.

그나마 다행스러운 건 다아시의 집요한 관심에서 벗어날 수 있다는 점이었다. 그는 사람들과 떨어져서 그녀와 아주 가까운 거리에 서 있으면서도 그녀에게 말을 걸 수 있을 만큼 가까이 다가오지는 않았다. 그녀는 그것이 자기가 위컴에 대한 얘기를 꺼냈기 때문일 거라고 생각하며 속으로 쾌재를 불렀다.

롱본 일행은 모든 손님 중에서 마지막으로 그 집을 떠났다. 그들은 베넷 부인의 묘책으로 다른 사람들이 모두 떠나간 후 15분 동안이나 마차를 기다려야 했다. 그 시간은 그들이 돌아가기를 네더필드 사람들이 얼마나 간절히 바라고 있는지 확인할 수 있는 충분한 시간이었다. 허스트 부인과 그의 여동생은 입만 열만 피곤하다고 불평을 해 대면서 집 안에 자신들만 남기를 바라는 기색을 노골적으로 드러냈다. 그들은 다시 대화를 시작하려는 베넷 부인의 노력을 번번이 묵살하면서 그 자리에 있는 사람들을 지루하게 만들었다. 게다가 콜린스까지 한술 더 떠서 파티가 정말 품위 있었고, 손님들을 환대하고 예의 바르게 대하는 태도가 돋보였다며 지리멸렬하게 칭찬을 늘어놓았다. 다아시는 입을 굳게 다물고 있었다. 베넷 씨 역시 침묵을 지키고 있었지만 그 장면을 즐기는 것처럼 보였다. 빙리와 제인은 다른 사람들과 조금 떨어진 곳에 서서 둘이서만 얘기를 나누고 있었다. 엘리자베스는 허스트 부인이나 빙리 양에게 질세라 줄곧 침묵을 지켰고, 리디아까지 지칠 대로 지쳐서 가끔 입이 찢어질 것처럼 하품을 하며 피곤해서 죽을 것 같다고 불평을 했다.

드디어 그들이 일어나서 떠나려고 하자 베넷 부인이 황급히 롱본에서 가족들 모두를 만날 수 있기를 바란다고 말했다. 그리고 특별히 빙리를 보며 정식으로 초대하지 않더라도 언제든 저녁 식사에 참석해 준다면 더없이 기쁘겠노라고 못 박았다. 빙리는 감사하고 기쁘다면서 다음 날 잠시 런던에 가야 할 일이 있으니 돌아온 후 가능한 한 빠른 시일 내에 찾아뵙겠다고 약속했다.

베넷 부인은 더할 나위 없이 만족스러웠다. 그녀는 결혼식에 필요한 준비와 새 마차와 결혼식에 입을 옷을 준비하는 데 걸리는 시간을 생각해서 서너 달 안에는 큰딸이 네더필드에 살림을 차리는 모습을 볼 수 있을 거라고 확신하며 기쁨에 가득 차서 그 집을 떠났다. 그녀는 둘째 딸도 콜린스와 결혼할 거라고 굳게 믿고 있었다. 그 결혼은 큰딸의 결혼만큼은 아니지만 그래도 꽤 흡족한 결혼이었다. 엘리자베스는 딸들 중에서 가장 탐탁지 않은 딸이었다. 그녀는 그만한 신랑감이면 엘리자베스에게는 꽤 괜찮은 편이지만, 빙리 씨와 네더필드에 비하면 수준이 엄청나게 떨어지는 건 어쩔 수 없다고 생각했다.

19

다음 날 롱본에는 전혀 새로운 국면이 전개되었다. 콜린스가 정식으로 엘리자베스에게 청혼을 했던 것이다. 그는 다음 토요일이면 휴가가 끝나기 때문에 머뭇거리다가는 시간을 놓칠 거라는 생각에 하루빨리 청혼을 하기로 결심했다. 그는 전혀 주저하거나 어려워하는 기색 없이 자신이 의례적인 절차라고 믿는 순서를 밟아 청혼했다. 아침 식사가 끝난 후 베넷 부인과 엘리자베스와 동생이 함께 있는 자리에서 그는 베넷 부인에게 말을 꺼냈다.

"오늘 오전 중에 아리따우신 따님 엘리자베스 양과 단둘이 대화를 나눌 수 있는 영광을 베풀어 주시겠습니까?"

엘리자베스가 깜짝 놀라서 얼굴을 붉히며 뭐라고 대꾸하기도 전에 베넷 부인이 대답했다.

"그럼요. 리지도 틀림없이 무척 기뻐할 거예요. 당연히 거절하지 않을 겁니다. 키티야, 너는 2층으로 올라가 있으렴."

베넷 부인이 서둘러 뜨개질거리를 챙겨서 자리를 뜨려고 하자 엘리자베스가 다급한 목소리로 말했다.

"어머니, 가지 마세요. 제발 여기 있어 주세요. 콜린스 씨도 이해하실 거예요. 다른 사람이 들어서는 안 될 얘기는 하지 않으실 테니까요. 어머니가 가시면 저도 나갈래요."

엘리자베스가 당황스럽고 화난 표정으로 방에서 나가려고 하자 베넷 부인이 단호하게 말했다.

"리지, 여기서 콜린스 씨 말씀을 듣도록 해라."

엘리자베스는 어머니가 정색을 하는 바람에 더 이상 거역할 수가 없었다. 그리고 이런 일은 최대한 신속하고 조용하게 끝내는 게 현명한 방법이라는 생각이 들었다. 그녀는 다시 자리에 앉았다. 괴롭기도 하고 우습기도 하고 착잡한 심경을 드러내지 않으려고 안간힘을 쓰며 뜨개질만 계속하고 있었다. 베넷 부인과 키티가 방에서 나가자마자 콜린스가 말문을 열었다.

"엘리자베스 양, 진심으로 드리는 말씀입니다. 엘리자베스 양의 겸손한 태도는 당신에게 누가 되는 것이 아니라 오히려 당신의 완벽함을 빛내 주는군요. 엘리자베스 양이 조금 주저하는 태도를 보여 주시지 않았다면 제 눈에 조금은 덜 사랑스럽게 보였을 것입니다. 제가 존경하는 어머님의 허락을 받고 이런 말씀을 드린다는 걸 알아 주셨으면 합니다. 고결한 성품 때문에 모른 척하셨겠지만, 제 말의 취지를 의심하지는 않으실 겁니다. 제가 엘리자베스 양에 대한 관심을 분명하게 표현했기 때문에 모르실 리가 없지요. 이 집에 들어서는 순간 저는 엘리자베스 양을 미래의 반려자로 점찍었습니다. 이 문제에 대해 감정에 휩쓸리기 전에 제가 결혼하려는 이유를, 더 나아가서 아내를 고르기 위해 하트퍼드셔에 들어온 이유를 먼저 말씀드리는 게 옳은 일일 것 같군요."

콜린스 씨가 엄숙하고 침착한 태도로 감정에 휩쓸릴지도 모른다는 말을 하자 엘리자베스는 하마터면 웃음을 터뜨릴 뻔했다. 그러나 콜린스는 그녀가 웃음을 터뜨려서 그의 얘기를 중단할 틈도 주지 않고 곧바로 말을 이었다.

"제가 결혼하려는 첫 번째 이유는 저처럼 편안한 환경에서 목회를 하는 성직자는 교구 안에서 훌륭한 결혼생활의 모범을 보이는 것이 옳은 일이라고 생각하기 때문입니다. 둘째로, 저는 결혼이 행복을 크게 증진시켜 줄 거라고 확신합니다. 셋째로, 아마 전에도 말씀드렸겠지만 제가 후견인으로 모시고 있는 영부인께서 특별히 권고하고 충고하신 일이기 때문입니다. 그분께서는 두 번씩이나 제게 당신의 의견을 친히 말씀해 주셨답니다. 제가 여쭤 보지도 않았는데 말입니다.

제가 헌스퍼드를 떠나기 전 토요일 밤에 젠킨스 부인이 카드리유 카드 테이블 사이에 드 버그 양의 발판을 깔고 있을 때, 영부인께서 이렇게 말씀하셨습니다. '콜린스 씨, 꼭 결혼을 해야 하네. 자네 같은 성직자는 결혼을 하는 게 마땅한 일이야. 나를 위해서는 교양 있는 여성을 제대로 선택하게. 자네를 위해서는 활달하고 실속 있는 여자를 골라야 해. 너무 고상한 척해도 안 되고 적은 수입으로도 살림을 잘 꾸려 갈 수 있는 여자를 고르게. 내 충고를 잘 새겨듣게나. 될 수 있는 대로 빠른 시간 내에 그런 여자를 골라서 헌스퍼드로 데려오게. 그럼 내가 직접 만나러 가도록 하지.' 이렇게 말입니다. 한 가지 덧붙여 말씀드리자면 캐서린 드 버그 영부인의 배려와 친절은 제가 엘리자베스 양에게 드릴 수 있는 혜택 중에서 결코 작지 않은 것이라고 생각합니다. 그분의 예의범절은 제가 도저히 말로 표현할 수 없을 정도로 품격 있다는 걸 알게 되실 겁니다. 그리고 엘리자베스 양의 재치와 활달한 성격이 그분의 높은 지위 앞에서 침묵과 존경심으로 정화된다면 틀림없이 마음에 드실 거라고 확신합니다. 제가 결혼하려는 이유는 대략 이런 것들입니다.

이제 훌륭한 아가씨들이 많은데도 제가 살고 있는 곳에서 배우자를 찾지 않고 롱본으로 관심을 돌린 이유를 말씀드릴 차례군요. 솔직히 말씀드리면 존경하는 엘리자베스 양의 아버님께서 돌아가신 후에 아, 물론 오래 사실 거라고 믿습니다만, 제가 이 집을 상속받게 되어 있는 만큼 그분의 따님 중에서 한 분을 제 아내로 선택할 결심을 하지 않고는 제 자신이 스스로 용납되지 않았습니다. 그런 슬픈 일이 일어났을 때, 아까도 말씀드렸다시피 물론 오랜 뒤에 일어날 일이겠지만, 따님들이 입으실 손실을 최소한으로 하기 위해서 그렇게 하기로 결심한 것입니다. 아름다운 사촌께 청혼하는 저의 동기는 이렇습니다. 이런 말씀을 드린다고 해서 저에 대한 존경이 손상되지는 않을 거라고 믿습니다.

이제 저의 애정을 열렬한 언어로 표현할 일만 남아 있는 것 같군요. 재산 따위는 저는 전혀 관심이 없습니다. 그리고 부친께 그 점에 대해 어떤 요구도 하지 않을 작정입니다. 그분에게는 제 요구를 들어주실 능력이 없다는 걸 알고 있으니까요. 그리고 부친께서 돌아가신 후에 엘리자베스 양이 받게 될 재산은 연이율 4퍼센트의 1,000파운드가 전부라는 것도 알고 있습니다. 그 점에 대해서는 끝까지 침묵을 지키겠습니다. 그리고 우리가 결혼하면 그 문제에 대해 치졸하게 비난하는 말은 절대 입 밖에 내지 않을 거라고 믿으셔도 됩니다."

지금이야말로 그의 말을 중단시키지 않을 수 없는 중요한 순간이었다.

"너무 앞서 가시는군요. 제가 아무 대답도 하지 않았다는 걸 잊으신 것 같네요. 시간 낭비할 필요 없이 지금 말씀드리죠. 저를 그처럼 칭찬해 주신 데 대해서는 감사드립니다. 제게 청혼해 주신 것 역시 큰 영광으로 생각해요. 하지만 저로서는 거절할 수밖에 없습니다."

콜린스는 점잖게 손을 저으며 말했다.

"저도 이미 알고 있습니다. 젊은 숙녀분들이 처음 청혼을 받을 때 마음속으로는 수락할 생각이면서도 겉으로는 거절하는 것이 관례라는 걸 말입니다. 경우에 따라서는 두 번, 심지어 세 번까지 거절하는 경우도 있다더군요. 전 결코 방금 하신 말씀 때문에 실망하지 않습니다. 그리고 머지않아 엘리자베스 양을 결혼식 제단으로 이끌 수 있을 거라는 희망을 잃지 않고 있습니다."

엘리자베스가 목소리를 높여서 말했다.

"분명히 말씀드리죠. 제가 거절한다고 말씀드렸는데도 희망을 버리지 않으신다니 정말 의외로군요. 저는 다시 청혼받을 가능성에 자신의 행복을 거는 모험을 할 만큼 무모한 여자가 아니에요. 그런 여자들이 있을지도 의문이지만 제가 거절한 건 진심입니다. 콜린스 씨는 저를 행복하게 할 수 없고, 저 또한 결코 콜린스 씨를 행복하게 할 수 있는 여자가 아닙니다. 후견인이신 캐서린 영부인께서도 저를 아신다면 모든 면에서 제가 그런 역할을 할 자격이 없다는 걸 아시게 될 겁니다."

"캐서린 영부인께서 그렇게 생각하실 게 분명하다면 문제가 되겠지만……."

콜린스의 표정이 약간 어두워졌다.

"영부인께서 엘리자베스 양을 반대하실 거라고는 전혀 상상할 수가 없습니다. 다음번에 영부인을 다시 뵐 수 있는 기회가 허락된다면, 엘리자베스 양의 겸손하고 알뜰한 성격과 다른 훌륭한 성품을 할 수 있는 대로 좋게 말씀드리겠습니다."

"콜린스 씨, 저를 그렇게 칭찬하실 필요 없습니다. 저에 대한 판단은 제게 맡겨 두시고, 저를 존중해 주신다면 제발 제가 하는 말을 믿어 주세요. 저는 콜린스 씨가 아주 행복하고 부유하게 사시길 바랍니다. 그리고 제가 이 청혼을 거절하는 것이 콜린스 씨를 도와 드릴 수 있는 유일한 방법이라고 생각해요. 제게 청혼하신 것으로 제 가족에 대해 미안해하는 마음을 접으셔도 되고, 나

중에 롱본의 재산을 물려받게 되실 때에도 전혀 자책하실 필요가 없습니다. 그러니까 이 문제는 다 끝난 걸로 알겠습니다."

엘리자베스는 이렇게 말하고 자리에서 일어나 방에서 나가려고 했다. 그때 콜린스가 다시 입을 열었다.

"다음번에 이 문제에 관해 말씀을 나눌 영광을 베풀어 주신다면, 지금 하신 말보다는 더 호의적인 답변을 듣게 되길 바랍니다. 지금 제가 엘리자베스 양의 냉정한 태도를 비난하는 건 절대로 아닙니다. 여성들이 처음 청혼받았을 때 거절하는 게 관례라는 걸 알고 있으니까요. 그리고 방금 하신 말씀도 진정한 여성다움을 잃지 않으면서 제 구혼을 격려하는 말씀으로 받아들였습니다."

"제발 그만하세요, 콜린스 씨."

엘리자베스가 화가 난 음성으로 소리쳤다.

"정말 이해할 수 없는 분이로군요. 제가 지금까지 한 말이 격려하는 말처럼 들렸다면, 어떻게 해야 제 거절이 진심에서 우러나온 거절이라는 걸 표현할 수 있는지 정말 모르겠네요."

"제 청혼을 거절하시는 것이 단지 의례적인 말에 지나지 않는다고 저 자신을 위안하고 싶습니다. 제가 그렇게 믿을 수밖에 없는 이유는 간단합니다. 제게는 저의 청혼이 엘리자베스 양이 수락하지 않을 만큼 가치 없는 것으로 생각되지 않습니다. 제가 보장해 드릴 수 있는 결혼 생활의 조건도 꽤 훌륭한 것이라고 생각합니다. 저의 사회적인 지위나 드 버그 집안과의 친밀한 관계나 또 엘리자베스 양 가족과의 관계를 생각해 보더라도 상당히 유리한 조건입니다.

물론 엘리자베스 양께서는 많은 매력을 갖추고 계시지만, 결혼할 수 있는 기회가 다시 주어질지 확실하지 않다는 점을 더 깊이 고려하셔야만 할 겁니다. 불행하게도 엘리자베스 양의 지참금이 너무 적기 때문에 그 점이 엘리자베스 양의 사랑스럽고 매력적인 면을 상쇄할 게 분명합니다. 저는 저를 거절하시는 게 진심이 아니라 품위 있는 여성분들이 흔히 하는 것처럼 제 마음을 초조하게 해서 저의 애정을 더 증대시키려는 의도라고 결론을 짓겠습니다."

"진심으로 말씀드리는 건데요, 콜린스 씨. 저는 훌륭

한 남자분에게 일부러 고통을 주면서 품위 있는 척하는 그런 짓은 절대로 하지 않아요. 그런 칭찬보다는 저의 진심을 믿어 주는 호의를 베풀어 주세요. 제게 청혼해 주신 건 영광으로 생각하고 거듭 감사드립니다. 하지만 청혼을 수락하는 건 절대 불가능한 일이에요. 어떤 면으로든 제 감정이 그걸 가로막고 있으니까요. 더 분명하게 말씀드릴까요? 지금 저를 일부러 콜린스 씨를 고문하는 고상한 여성으로 생각하지 마시고, 진심으로 진실을 말하는 이성적인 존재로 생각해 주세요."

"그런 말씀을 하셔도 제겐 여전히 매력적이십니다."

그는 억지로 태연한 척하며 어색하게 큰 소리로 말했다.

"훌륭하신 부모님께서 두 분의 권위로 제 청혼을 허락하신다면, 제 청혼이 결국은 받아들여질 거라고 확신합니다."

엘리자베스는 고집스럽게 자기기만에 빠진 남자에게 더 이상 대응할 필요가 없다고 생각하고 말없이 그 자리를 빠져나왔다. 아무리 거절을 해도 그것을 끝까지 자신을 부추기는 말로 받아들인다면 아버지에게 부탁하는 수밖에 없다고 판단했다. 아버지는 단호하게 그의 청혼을 거절하실 것이고, 적어도 그런 행동을 품위 있는 여성의 가식이나 교태로 오해하지는 않을 것이었다.

20

콜린스는 자신의 성공적인 사랑 고백에 대해 조용히 사색할 여유가 없었다. 현관에서 대화가 끝나기를 기다리며 서성거리던 베넷 부인이 엘리자베스가 문을 열고 총총걸음으로 2층으로 올라가는 걸 보자 부리나케 식당으로 들어와, 이제 콜린스 씨와 더 가까운 사이가 될 거라면서 열렬한 축하 인사를 퍼부어 댔기 때문이었다.

콜린스 역시 기뻐하며 그녀에게 축하 인사를 건넸다. 그리고 엘리자베스와 나눈 대화 내용을 자세히 얘기하고 자신은 그 결과에 매우 흡족하다고 했다. 엘리자베스가 거듭 자신의 청혼을 거절하는 것은 부끄러움을 잘 타고 겸손하며 천성적으로 섬세한 그녀의 성격에서 비롯된 것이라고 말했다.

그러나 베넷 부인은 그의 말을 듣고 기겁했다. 엘리자베스가 콜린스의 마음을 더 달아오르게 하려고 그의 청혼을 거절한 거라면 베넷 부인 역시 흡족해했을 것이었다. 그러나 그녀는 그렇게 생각할 수가 없었다.

"리지도 뭐가 옳은 일인지 곧 알게 될 거예요. 내가 직접 그 문제에 대해서 리지와 얘기해 보겠어요. 고집이 워낙 센 데다가 아둔해서 자기한테 뭐가 이로운지 모르는 애예요. 하지만 어떻게든 내가 깨닫게 해 줘야죠."

"말씀 도중에 죄송합니다만, 엘리자베스 양이 정말 고집이 세고 어리석은 여성이라면 행복한 결혼을 바라는 저 같은 사람에게 매우 바람직한 아내가 될 수 있을지 모르겠군요. 그러니 엘리자베스 양이 끝까지 제 청혼을 거절하신다면 억지로 강요하지 않는 편이 나을 것 같습니다. 그런 성격적인 결함이 있다면 제 행복에 별로 도움이 되지 않을 테니까요."

"콜린스 씨, 제 말을 크게 오해하신 것 같군요."

베넷 부인이 당황해하며 말했다.

"리지는 이런 문제에만 고집이 세지 다른 일에는 정

말 온순한 아이랍니다. 당장 남편에게 가서 엘리자베스와 함께 이 문제를 매듭지어야겠어요."

그녀는 콜린스가 대답할 겨를도 주지 않고 황급히 남편이 있는 서재로 들어가서 큰 소리로 말했다.

"여보, 지금 당장 할 말이 있어요. 큰일이 벌어졌어요. 당신이 나서서 리지가 콜린스 씨와 결혼할 수 있게 하셔야 해요. 그 애가 절대 콜린스 씨와 결혼하지 않겠다고 했대요. 당신이 서두르지 않으면 콜린스 씨 마음이 변해서 엘리자베스와 결혼하지 않을지도 몰라요."

베넷 씨는 아내가 서재로 들어오자 책에서 눈을 떼고 무심한 표정으로 그녀의 얼굴을 빤히 쳐다보았다. 그녀의 말을 듣는 동안 그의 표정은 전혀 달라지지 않았다.

베넷 부인이 말을 끝내자 그가 말했다.

"당신이 무슨 말을 하는 건지 도통 알아들을 수가 없군. 도대체 누구 얘기를 하는 거요?"

"콜린스 씨와 리지 얘기지 누구겠어요? 리지가 콜린스 씨와 결혼하지 않겠다고 선언했다니까요. 그래서 콜린스 씨도 리지와 결혼하지 않을 수도 있다고 했단 말이에요."

"그래서 대체 내가 어떻게 해야 한다는 거요? 이미 물 건너간 얘기인 것 같은데."

"리지한테 당신이 직접 말씀 좀 하세요. 콜린스 씨와 꼭 결혼해야 한다고 얘기하란 말이에요."

"그 애를 이리로 불러서 내 의견을 듣게 합시다."

베넷 부인은 벨을 울려 하인에게 엘리자베스를 서재로 불러오게 했다.

엘리자베스가 서재에 들어서자 베넷 씨가 큰 소리로 말했다.

"널 부른 건 아주 중대한 문제 때문이다. 콜린스 씨가 네게 청혼했다는 게 사실이냐?"

엘리자베스는 그렇다고 대답했다.

"좋아. 그런데 너는 그 청혼을 거절했단 말이지?"

"네, 그랬어요. 아버지."

"그렇구나. 그럼 우리는 이제 본론으로 들어가야겠다. 네 어머니는 네가 그 청혼을 수락할 것을 주장하는 거지? 그렇지 않소, 여보?"

"맞아요. 그렇게 하지 않으면 난 엘리자베스를 다시는 안 볼 작정이에요."

"네 앞에 아주 불행한 양자택일의 선택이 놓여 있구나, 엘리자베스. 오늘부터 넌 네 부모 중 한 사람과 남남이 될 수밖에 없다. 네가 콜린스 씨와 결혼하지 않으면 네 어머니가 널 다시는 보지 않을 거고, 네가 그와 결혼한다면 내가 널 보지 않을 테니 말이다."

엘리자베스는 자신이 예상했던 것과는 전혀 다른 결과에 너무 기뻐서 갑자기 얼굴이 환하게 밝아졌다. 그러나 남편이 자신과 같은 생각을 하고 있을 거라고 확신했던 베넷 부인의 낙심은 이만저만 큰 게 아니었다.

"여보, 도대체 왜 그런 말씀을 하시는 거예요? 엘리자베스를 콜린스 씨와 결혼하도록 설득하겠다고 약속하셨잖아요."

"여보, 당신에게 사소하게 부탁할 게 두 가지 있소. 하나는 이 문제에 대해서 내 견해를 자유롭게 표현할 수 있도록 허용해 달라는 거고, 또 하나는 내가 내 방을 마음대로 쓸 수 있게 해 달라는 거요. 가능한 한 빨리 내 방에서 나가 주면 좋겠소."

베넷 부인은 남편에게 실망했음에도 불구하고 자신의 주장을 포기하지 않았다. 그녀는 엘리자베스를 달랬

다가 협박하기를 반복하면서 설득했다. 그녀는 엘리자베스가 콜린스 씨와 결혼하는 게 그녀에게 이득이 된다며 제인을 자기편으로 끌어들이려고 했지만, 제인은 그 문제에 끼어들고 싶지 않다고 완곡하게 거절했다. 그리고 엘리자베스는 베넷 부인의 공격에 때로는 진지하게 때로는 장난기를 섞어 가며 쾌활하게 대응했다. 그녀의 태도는 달라졌지만 결심은 절대 바뀌지 않았다.

그러는 동안 콜린스는 그동안 일어났던 일들을 조용히 되짚어 보고 있었다. 그는 자신을 꽤 대단한 존재로 생각하고 있었기 때문에 그의 사촌이 무슨 이유로 자신의 청혼을 거절했는지 도저히 이해할 수가 없었다. 그래서 자존심은 약간 상처를 입었을지 몰라도 다른 점에서는 전혀 고통을 받지는 않았다. 그녀에 대한 사랑은 단지 그의 상상 속에서 이루어진 것이어서 그녀가 어머니에게 호되게 질책을 당하는 게 당연하다고 생각했을 뿐 안타까운 감정은 들지 않았다.

온 가족이 이처럼 혼란 속에 빠져 있을 때 샬럿 루카스가 찾아왔다. 리디아는 현관에서 그녀와 마주치자 한걸음에 달려와 반쯤 속삭이는 목소리로 말했다.

"마침 잘 왔어요. 지금 우리 집에서 정말 재미난 일이 벌어지고 있거든요. 오늘 아침에 무슨 일이 일어났는지 알아요? 글쎄, 콜린스 씨가 리지 언니에게 청혼을 했는데 언니가 그와 결혼하지 않겠다고 했지 뭐예요."

샬럿이 뭐라고 대꾸하기도 전에 키티가 끼어들어 같은 소식을 전해 주었다. 그리고 그들이 식당에 들어서자마자 혼자 앉아 있던 베넷 부인이 다시 같은 얘기를 시작하며 루카스 양의 동정을 구하면서 리지가 청혼을 받아들이도록 설득해 달라고 간청했다.

"루카스 양, 부디 내 편이 좀 되어 줘. 내 편을 들어주는 사람이 아무도 없어. 아무도 내 신경이 약한 걸 안쓰럽게 생각하지 않아. 다들 정말 못됐어."

샬럿의 대답은 제인과 엘리자베스가 등장하는 바람에 생략되었다.

"마침 본인이 오는군."

베넷 부인이 다시 말을 이었다.

"아무 일도 없었다는 저 표정 좀 봐. 우리가 요크에 가 있어도 자기 멋대로 할 수만 있다면 우리 걱정은 눈곱만큼도 하지 않을 애야. 하지만 리지야, 내가 한마디만 할게. 이런 식으로 들어오는 청혼마다 퇴짜를 놓으면 넌 절대 남편을 얻지 못할 거다. 네 아버지가 돌아가시면 누가 널 부양해 줄지 나도 몰라. 난 널 돌볼 능력이 없으니까. 그리고 경고하는데 오늘부터 너하고는 끝이다. 서재에서 말했다시피 난 다시는 너와 말을 섞지 않을 거야. 내가 한번 말한 건 반드시 지킨다는 걸 알게 될 거다. 배은망덕한 자식한테 뭘 바랄 게 있어서 말을 하겠니? 난 누구하고도 얘기하고 싶지 않아. 나처럼 신경쇠약으로 고통받는 사람은 얘기하는 걸 좋아하지 않을 수밖에 없어. 내가 얼마나 고통스러운지 아무도 모를 거다. 늘 그래 왔으니까. 하긴 불평을 하지 않으면 아무도 불쌍하게 생각하지 않는 법이니까."

베넷 부인의 딸들은 그녀의 푸념을 조용히 듣고만 있었다. 어머니를 이성적으로 설득하거나 달래려고 해 봤자 오히려 화를 부추기는 결과만 가져온다는 걸 이미 잘 알고 있었다. 그녀는 누구의 방해도 받지 않고 계속 넋두리를 늘어놓았다. 그러다가 콜린스가 평소보다 엄숙한 태도로 방으로 들어오는 것을 보자 황급히 딸들에게 말했다.

"이제부터 입 다물고 있어. 콜린스 씨와 잠깐 얘기를 나눠야겠다."

엘리자베스는 조용히 방에서 나갔고, 제인과 키티도 따라 나갔지만, 리디아는 끝까지 들을 생각으로 그 자리를 지키고 있었다. 샬럿은 콜린스가 예의를 갖춰 그녀와 가족들의 안부를 자세하게 물어보는 바람에 붙잡혀 있다가, 약간의 호기심이 발동하자 잘됐다 싶어서 창문 쪽으로 걸어가 그들의 대화를 듣지 않는 척하고 서 있었다. 베넷 부인이 애절한 목소리로 예상했던 대화를 시작했다.

"콜린스 씨!"

"이 문제에 대해서는 서로 덮어두는 게 좋을 것 같습니다."

그가 베넷 부인의 말을 가로막으면서 말했다. 그러고는 불쾌한 기색이 역력한 목소리로 곧 말을 이었다.

"그렇다고 제가 따님의 태도에 대해 분개하고 있는 건 결코 아닙니다. 불운을 피할 수 없을 때는 포기하는 것이 우리 모두의 의무죠. 저처럼 운이 좋아 일찍 출세한 젊은이에게는 더더욱 지켜야 할 의무입니다. 그래서 전 단념하기로 했습니다. 아름다운 사촌이 제 청혼을 받아 주시는 영광을 주셨다고 해도 제가 반드시 행복하지 않을 수도 있을 거라는 회의가 든 것도 단념한 이유 중 하나입니다. 저는 거절당한 축복이 그만한 가치가 없다고 느껴지기 시작할 때가 단념하기에 가장 적절한 시점이라는 걸 종종 목격했습니다. 아주머님과 베넷 씨에게 저를 대신해서 부모의 권위로 따님을 설득해 주십사 하는 저의 요청을 들어주신 것에 대해 충분한 감사를 표하지 않고 저의 청혼을 거두어들이는 것에 대해 무례를 범했다고 생각하지 말아 주시기를 바랍니다. 아주머님의 말씀에 따르지 않고 따님의 거절을 받아들인 제 행동을 못마땅하게 생각하실 수도 있을 겁니다. 하지만 누구나 실수는 할 수 있는 법이죠. 저는 이 모든 일을 분명히 좋은 의도를 가지고 진행해 왔습니다. 제 목적은 댁의 가족분들 모두의 유익에 합당한 방법을 고려하면서 제게 적합한 훌륭한 동반자를 얻으려는 것이었습니다. 만일 저의 태도에 조금이라도 비난받을 만한 점이 있었다면 이 자리에서 정중히 사과드리겠습니다."

21

콜린스의 청혼에 대한 논란은 이걸로 거의 마무리가 된 셈이었다. 엘리자베스는 어쩔 수 없이 수반되는 불편한 감정과 이따금 그녀에게 던져지는 어머니의 신경질적인 말투를 참아 내기만 하면 되었다. 당사자인 신사분은 당혹스러워하거나 낙심한 표정 대신, 그녀를 의도적으로 피하거나 딱딱한 태도로 일관하며 골이 난 것처럼 침묵을 지키는 것으로 자신의 감정을 표현했다. 그는 엘리자베스에게는 거의 말을 걸지 않았고, 그날 남은 시간 동안 의식적으로 루카스 양에게 관심을 보였다. 루카스 양은 그의 말을 예의 바르게 들어 주어서 시기적절하게 모든 사람에게 위안이 되어 주었고, 특히 그녀의 친구를 곤경에서 구원해 주었다.

다음 날이 되어도 베넷 부인의 언짢은 기분과 불편한 몸 상태는 전혀 나아지지 않았다. 콜린스는 여전히 화가 잔뜩 난 것처럼 오만한 태도를 보였다. 엘리자베스는 내심 그가 화가 나서 애초에 계획했던 것보다 방문 일정을 단축하기를 바랐지만, 그는 예정대로 토요일까지 머무를 작정인 것 같았다.

아침 식사가 끝난 후 처자들은 위컴이 돌아왔는지 알아보고 그가 네더필드의 무도회에 참석하지 않은 걸 하소연할 생각으로 메리턴으로 떠났다. 그들은 시내에 들어서자마자 위컴과 마주쳤다. 그는 이모 댁까지 그들을 동행해 주었다. 무도회에 참석하지 못해서 애석하고 안타까웠다는 위컴의 말에 아가씨들 역시 무척 섭섭했다고 응대했다. 그러나 위컴은 엘리자베스에게는 솔직하게 일부러 핑곗거리를 만들어서 파티에 참석하지 않았다고 털어놓았다.

"시간이 다가올수록 다아시 씨를 만나지 않는 편이 낫겠다는 생각이 들었습니다. 그렇게 오랜 시간 그와 함께 같은 방에서 파티에 참석하는 건 도저히 참아 내기 힘들 것 같았죠. 그런 광경은 저만이 아니라 다른 사람들에게도 불쾌감을 줄 테니까요."

그녀는 위컴의 자제력에 진심으로 찬사를 보냈다. 그들이 롱본으로 돌아가는 길에 위컴과 다른 장교들이 동행해 주었다. 걸어가는 동안 위컴은 특별히 엘리자베스하고만 대화를 나누었다. 두 사람은 여유 있게 그 문제에 관해 충분한 대화를 나누고 서로를 정중하게 칭찬하는 시간을 보낼 수 있었다. 위컴과 동행하는 동안 엘리자베스는 그가 진심으로 자신에게 호감을 가지고 있다는 걸 느낄 수 있었고, 부모님께 그를 소개할 수 있는 절호의 기회라고 생각했다.

그들이 집에 돌아온 후 얼마 지나지 않아 베넷 양에게 한 통의 편지가 전달되었다. 네더필드에서 온 편지였다. 봉투 안에는 작고 우아한 광택이 나는 편지지가 들어 있었고, 그 위에는 아름답고 유려한 여성의 글씨가 쓰여 있었다. 엘리자베스는 편지를 읽는 동안 언니의 안색이 달라지는 것을 눈치챘다. 제인은 어떤 구절에서는 멈춰서 곰곰이 생각하는 모습도 보였다. 그녀는 편지를 내려놓고 곧 평소처럼 쾌활하게 그들의 대화에 끼어들었다. 그러나 엘리자베스는 언니에게 마음이 쓰여서 위컴에게 신경을 쓸 여유가 없었다. 잠시 후 위컴 일행이 돌아가고 나자 제인은 곧 엘리자베스에게 2층으로 따라오라는 눈짓을 보냈다. 제인은 방으로 들어서자마자 편지를 꺼내며 말했다.

"캐롤라인 빙리 양에게서 온 편지야. 편지를 읽고서 얼마나 놀랐는지 몰라. 그 집 사람들이 모두 네더필드를 떠나 런던으로 가고 있대. 다시 돌아올 계획도 없단다. 네가 직접 들어 봐."

제인은 편지의 첫 문장을 소리 내서 읽었다. 그들이 오빠를 따라 곧 런던으로 떠나기로 결정했고, 허스트의 집이 있는 그로스브너가에서 저녁을 먹을 계획이라는 내용이었다. 다음에는 이런 말들이 적혀 있었다.

나의 소중한 벗인 제인 양을 만나지 못한다는 것 이외에는 하트퍼드셔를 떠나는 게 아쉬울 건 없어요. 하지만 언젠가 다시 즐거운 교제를 나눌 기회가 많이 있기를 바랍니다. 그동안 서로 솔직한 서신을 자주 왕래하는 걸로 헤어지는 아픔을 달래기로 해요.

꼭 답장해 줄 거라고 믿어요.

엘리자베스는 그녀의 과장된 편지를 읽고 어쩐지 불신과 냉담한 감정이 일어나는 걸 느꼈다. 그들이 갑작스럽게 떠났다는 게 놀랍기는 했지만 그렇다고 애석해 할 일도 아니었다. 그들이 네더필드에 없다고 해서 빙리가 오지 않을 거란 법도 없었고, 제인이 그들과 교제할 수 없는 건 빙리를 만나는 즐거움으로 대신할 수 있을 거라고 생각했다.

그녀는 잠시 사이를 두었다가 말했다.

"언니 친구들이 이곳을 떠나기 전에 만나지 못한 건 서운한 일이긴 해. 하지만 빙리 양이 고대하는 행복한 날이 생각보다 빨리 올 수도 있지 않을까? 친구로서 나눴던 즐거운 관계가 시누이와 올케 사이로 더 큰 기쁨을 줄 수도 있잖아. 빙리 씨도 누이들 때문에 런던에 머무르지는 않을 거야."

"캐롤라인은 이번 겨울에는 가족들 중 아무도 하트퍼드셔에 돌아오지 않을 거라고 편지에 분명히 밝혔어. 내가 그 부분을 읽어 줄게."

어제 오빠가 런던으로 떠날 때는 사나흘이면 일이 끝날 거라고 생각했어요. 하지만 생각했던 대로 그렇게 빨리 일을 끝낼 수 없게 되었고, 찰스가 서둘러 런던을 다시 떠날 이유도 없어서 오빠가 혼자 불편한 호텔에서 시간을 보내지 않도록 우리가 따라가기로 결정했어요. 내가 아는 사람 중에도 그곳에 겨울을 보내러 간 사람들이 많아요. 우리의 소중한 친구인 제인 양도 그 무리 중에 낄 의향이 있다는 소식을 들었으면 좋겠지만 그럴 가능성은 없을 것 같군요. 하트퍼드셔에서 즐거움과 활기가 넘치는 크리스마스를 맞이하기를 진심으로 바랍니다. 그리고 남자 친구들이 많이 생겨서 우리가 빼앗아 갈 세 사람 때문에 슬퍼하지 않기를 빌어요.

"빙리 양은 분명히 이번 겨울에 빙리 씨가 돌아오지 않을 거라고 말하는 거야."

"분명한 건 빙리 양이 오빠가 돌아와서는 안 된다고 생각한다는 것뿐이야."

"왜 그렇게 생각하는 거지? 분명 빙리 씨가 결정한 일일 거야. 그분은 자기 일은 스스로 결정하는 사람이니까. 하지만 지금 네가 들은 게 전부가 아냐. 내 마음을 제일 아프게 하는 구절을 읽어 줄게. 너한테 감출 게 뭐가 있겠니?"

다아시 씨는 동생을 무척 보고 싶어 하세요. 솔직히 고백하자면 우리도 동생분을 다시 만나고 싶어 죽을 지경이랍니다. 조지애나 다아시 양의 미모와 품위와 교양을 따라갈 수 있는 여자는 아마 없을 거예요. 그리고 그 아가씨가 앞으로 루이자와 저의 올케가 되기를 바라기 때문에 그녀에 대한 애정이 훨씬 더 진한 감정으로 자라나고 있답니다. 이 문제에 대해 전에 말씀드린 적이 있는지 기억나지는 않지만, 제 솔직한 감정을 털어놓지 않고 이곳을 떠나고 싶지는 않네요. 제인 양도 이런 제 감정이 부당한 것이라고 생각하지는 않겠죠? 제 오빠도 이미 다아시 양을 무척 흠모하고 있고 서로 친밀하게 만날 기회가 자주 있을 테니까요. 다아시 양의 가족들도 우리 못지않게 두 사람이 결합되기를 바라고 있어요. 누이동생으로서 오빠를 과대평가하는 게 아니라 찰스 오빠는 어떤 여자의 마음도 얻을 만한 능력이 있으니까요. 두 사람의 애정에 유리한 모든 조건이 갖춰져 있고 방해할 만한 요소가 전혀 없는데, 두 사람의 결합이 많은 사람들에게 행복을 가져다줄 거라고 기대하는 게 잘못은 아니겠죠?

"이 부분 어떻게 생각해, 리지야?"

편지를 다 읽고 나자 제인이 말했다.

"이걸로 모든 게 너무 분명하잖아. 캐롤라인은 내가 자기 올케가 될 거라는 기대도 하지 않고, 더구나 바라지도 않는다는 걸 명백히 밝히고 있어. 캐롤라인은 자기 오빠가 내게 무관심하다고 믿고 있는 거야. 그리고 만일 내가 자기 오빠에게 품고 있는 감정을 눈치챘다면 은근히 경계하려는 거야. 다르게 해석할 수가 없지 않니?"

"아니, 다른 해석도 가능해. 내 생각은 전혀 달라. 내 얘기 들어 볼 테야?"

"그럼. 듣고말고."

"몇 마디 말이면 충분해. 빙리 양은 자기 오빠가 언니를 사랑한다는 걸 알고 있고, 오빠가 다아시 양과 결혼하기를 원해. 그래서 오빠를 그곳에 붙잡아 둘 속셈으로 런던으로 따라간 거야. 그리고 언니에게는 자기 오빠가 언니한테 관심이 없다고 믿게 하려는 거야."

제인은 머리를 흔들었다.

"언니, 내 말을 믿어야 해. 언니가 빙리 씨와 함께 있는 모습을 본 사람이라면 누구라도 그분이 언니를 사랑하고 있다는 걸 의심할 수 없을 거야. 빙리 양도 마찬가지일 거고. 그 아가씨도 그렇게 멍청하지는 않으니까. 자기 오빠가 언니를 사랑하는 것의 반만큼이라도 다아시 씨가 자기를 사랑한다고 느꼈다면 벌써 결혼식 드레스까지 주문했을 여자야. 현실적으로 말해서 우리는 그 집안에 어울릴 만큼 부자도 아니고 대단한 집안도 아니잖아. 캐롤라인은 두 집안이 맺어지면 두 번째 결혼이 성사될 가능성이 더 높아질 거라고 판단한 거지. 그래서 다아시 양이 자기 오빠와 결혼하기를 바라는 거야. 분명 영리한 생각이긴 해. 드 버그 양이 방해만 하지 않는다면 성공할 수도 있는 일이지. 하지만 언니, 자기 오빠가 다아시 양을 흠모하고 있다는 빙리 양의 말을 심각하게 생각해서는 안 돼. 그분이 화요일에 언니와 헤어질 때보다 언니를 조금이라도 덜 좋아할 거라고 생각하지 마. 캐롤라인에게 자기 오빠가 언니가 아닌 다아시 양을 사랑하도록 설득할 수 있는 힘이 있을 리 없잖아."

"빙리 양에 대한 우리의 생각이 같다면 네 말을 듣고 내 마음이 한결 편해질 수도 있겠지. 하지만 난 네가 말하는 기본적인 전제가 틀렸다고 생각해. 캐롤라인은 다른 사람을 고의적으로 기만할 수 없는 사람이야. 내가 바랄 수 있는 건 단지 캐롤라인이 잘못 알고 있을 수도 있다는 것뿐이야."

"언니 말도 일리가 없는 건 아니야. 언니는 내 말에서 위안을 얻지 못하기 때문에 긍정적으로 생각할 수 없을 거야. 정 그렇다면 언니는 캐롤라인이 자신을 속이고 있다고 생각해. 그걸로 캐롤라인에 대한 언니의 의무는 다한 거니까. 더 이상 속 태우지 말고."

"그렇지만 엘리자베스, 최선의 상황을 가정한다고 해도 누이들과 친구들이 모두 다른 여자와 결혼하기를 바라고 있는데 내가 그분과 결혼한다고 해서 과연 행복할 수 있을까?"

"그건 언니가 판단할 문제야. 신중하게 생각해 봐. 그분의 누이들의 뜻을 따르지 않을 때 따르는 불행이 그분의 아내가 돼서 얻을 수 있는 행복보다 더 크다고 생각되면, 당연히 그분을 거절해야겠지."

"어떻게 그런 식으로 말할 수 있니?"

제인이 힘없이 미소를 지으며 말했다.

"그분의 누이들이 나를 반대하는 게 너무 속이 상하기는 하지만, 그렇다고 내가 그분과 결혼하는 걸 망설일 수는 없다는 걸 너도 잘 알면서 그러니."

"나도 언니가 그럴 거라고 생각한 건 아니야. 그러니까 언니가 처한 상황을 그다지 동정하지는 않아."

"하지만 그분이 이번 겨울에 돌아오지 않는다면 내가 선택할 여지도 없는 거 아니니? 여섯 달이면 큰 변화가 일어날 수도 있는 시간이야."

엘리자베스는 그가 아예 돌아오지 않을 가능성은 없다고 믿고 있었다. 그녀는 캐롤라인의 편지가 자신의 이기적인 욕심을 드러낸 것에 지나지 않는다고 생각했다. 캐롤라인이 아무리 자신의 소망을 노골적으로 표현한다고 해도, 독립적으로 자신의 일을 결정할 수 있는 젊은 남자에게 영향력을 행사할 수는 없을 거라고 믿었다.

엘리자베스는 언니에게 이 문제에 관한 자신의 견해를 열심히 설명하고 설득했다. 언니가 자신의 말을 듣고 안심하는 것 같아서 내심 마음이 흐뭇했다. 제인은 빙리에 대한 사랑의 감정 때문에 마음이 약해지기는 했지만 워낙 쉽게 좌절하는 성격은 아니었다. 그녀는 빙리가 곧 네더필드로 돌아올 것이고, 자신의 바람이 모두 이루어질 거라는 쪽으로 생각하기로 마음먹었다.

두 자매는 베넷 부인에게는 빙리 가족이 떠났다는 얘기만 전하고 빙리의 근황을 자세히 알리지 않았다. 공연히 어머니에게 걱정을 끼칠 필요가 없다는 데 두 사람의 의견이 일치했다. 베넷 부인은 빙리 가족이 떠났다는 얘기만 듣고서도 풀이 죽어서 걱정이 늘어졌다. 두 집안이 이제 겨우 친해지기 시작했는데 갑자기 두 아가씨가 떠나게 되다니 너무 운이 없다며 비통해했다. 그러나 얼마 지나지 않아서 빙리 씨가 곧 내려와 롱본에서 함께 저녁 식사를 할 거라고 말하며 혼자 위안을 삼았다. 그녀는 빙리 씨를 가족 식사에 초대해서 두 코스의 풍성한 요리를 준비하겠다는 즐거운 선언으로 결론을 맺었다.

22

그날 베넷가 사람들은 루카스 댁에서 함께 식사를 하기로 약속되어 있었다. 루카스 양은 그날도 줄곧 콜린스의 이야기를 성의 있게 들어 주었다. 엘리자베스는 틈을 타서 그녀에게 고마움을 표현했다.

"네가 콜린스 씨 얘기를 잘 들어 줘서 그분의 기분이 많이 좋아진 것 같아. 네게 어떻게 고마움을 표현해야 할지 모르겠다."

샬럿은 자기가 도움이 되어서 다행이라고 말했다. 약간의 시간을 내준 걸로 친구가 기뻐한다면 자기는 그걸로 만족한다고 했다. 그녀는 더없이 상냥하게 대답했지만 속으로는 전혀 다른 목적을 가지고 있었다. 하지만 엘리자베스는 샬럿의 친절이 다른 속셈에서 나온 것이라고는 꿈에도 생각하지 못했다.

샬럿은 콜린스가 다시 엘리자베스에게 청혼하지 않고 자신에게 청혼하기를 속으로 은근히 바라고 있었다. 겉으로 보기에는 그녀의 계획이 상당히 효과를 거둔 것 같았다. 두 사람이 헤어질 때쯤에는 콜린스가 그렇게 빨리 하트퍼드셔를 떠나지만 않았다면 자신의 계획이 거의 성공했다는 걸 확신할 수 있었을 거라고 생각했다.

그러나 그녀의 생각은 콜린스의 열정과 뚜렷한 주관을 과소평가한 것이었다. 콜린스는 다음 날 아침 탄복할 만한 교활함을 발휘해서 서둘러 롱본 저택을 빠져나와 루카스 로지로 찾아가서 그녀에게 청혼했던 것이다. 그는 사촌들이 자기가 집을 빠져나가는 걸 보면 자신의 의중을 눈치챌까 봐 어떻게든 들키지 않으려고 노심초사했다. 그는 자신의 계획이 성공하기 전에 미리 사람들에게 알려지는 걸 원하지 않았다. 샬럿의 태도가 매우 고무적이었기 때문에 성공을 거의 확신하고 있었지만, 수요일의 모험이 있은 이후로는 자신감이 많이 줄어든 탓이었다.

그러나 그는 루카스 양의 열렬한 환대를 받았다. 그녀는 2층 창문으로 콜린스가 집으로 걸어오는 모습을 보자 부리나케 샛길로 달려 나가 우연히 마주친 것처럼 가장하고 그를 맞이했다. 그러나 그곳에서 그렇게 뜨거운 사랑과 구혼의 웅변이 자신을 기다리고 있을 줄은 꿈에도 몰랐다.

콜린스의 장황한 구애의 연설이 끝나자 두 사람 모두 만족할 만큼 일사천리로 모든 일이 결정되었다. 집에 들어서자마자 콜린스는 자기를 세상에서 가장 행복한 남자로 만들어 줄 날을 정해 달라고 열렬히 간청했다. 그런 청혼은 처음에는 거절하는 게 관례였지만, 이 숙녀분은 그의 행복을 놓고 장난질하고 싶은 생각이 없었고, 콜린스는 타고난 천성이 둔감해서 여자들이 반할 만한 구애를 할 능력이 없었다. 루카스 양 역시 단지 가정을 꾸미고 싶다는 단순하고 소박한 욕심 때문에 콜린스를 받아들인 것이어서 결혼이 빨리 결정된다고 해서 아쉬울 것이 없었다. 콜린스는 윌리엄 경과 루카스 부인에게 곧장 결혼 승낙을 요청했고, 그들 역시 기꺼이 허락해 주었다. 물려줄 유산이라고는 거의 없는 딸에게 콜린스는 현재의 지위로 볼 때 꽤 적합한 남편감이었다. 그리고 그는 앞으로 부자가 될 가능성이 컸다. 루카스 부인은 전에 없던 관심을 갖고 속으로 베넷 씨가 앞으로 얼마나 더 오래 살 수 있을지 계산해 보았다. 루카스 경 역시 콜린스가 롱본의 토지를 소유하게 되면 그들 부부가 제임스궁을 방문하는 게 당연한 일이라며 당당히 자신의 견해를 피력했다. 요컨대, 이 일은 온 가족이 기뻐할 만한 일이었다. 샬럿의 여동생들은 언니가 결혼하면 한두 해 더 빨리 사교계에 나갈 수 있을 거라는 희망을 품게 되었고, 사내아이들은 누나가 노처녀로 자기들한테 얹혀살다 늙어 죽는 게 아닌가 하는 걱정에서 벗어날 수 있었다.

오히려 당사자인 샬럿은 차분했다. 이미 목적을 달성한 터라 그녀는 그 문제에 대해 곰곰이 생각해 볼 여유가 있었다. 암만 따져 보아도 이 결혼은 대체로 만족스러운 결혼이 틀림없었다. 물론 콜린스는 현명한 위인이 아니었고, 남자로서 호감이 가는 것도 아니었다. 그와 함께 있으면 답답하고 지루했다. 게다가 그녀에 대한 그의 애정이 확고한 것이라고 믿을 수도 없었다. 그러나 어쨌든 그는 그녀의 남편이 될 것이었다. 그녀에게 남자나 결혼 생활은 그다지 중요하지 않았다. 오직 결혼만이 그녀의 목표였다. 지체 높은 집안의 여자들에게 재산이 별로 없을 경우, 결혼만이 명예로운 생활 방편이 되었고, 그 결혼이 가져다줄 행복이 아무리 불확실한 것이라 해도 궁핍한 생활을 모면할 수 있는 최상의 방지책이었다. 이제 그녀는 그 방지 수단을 획득한 셈이었다. 스물일곱의 나이에 예쁘다는 말 한번 들어 본 적 없는 그녀는 자신에게 큰 행운이 찾아온 거라고 생각했다.

가장 마음에 걸리는 건 자기가 콜린스와 결혼한다는 말을 들으면 경악할 엘리자베스였다. 그녀는 다른 누구보다 엘리자베스와의 우정을 소중하게 생각하고 있었다. 엘리자베스는 분명 자신의 결정에 대해 회의적일 것이고 어쩌면 자신을 책망할지도 몰랐다. 그렇다고 자신의 결심이 흔들리지는 않겠지만 감정이 상할 것은 분명한 일이었다. 그녀는 엘리자베스에게 직접 이 일을 알리기로 마음먹고 콜린스에게 저녁 식사 때 롱본에 돌아가면 베넷 씨 가족에게 오늘 있었던 일을 비밀로 해 달라고 당부했다. 비밀을 지키겠다는 약속은 충실하게 지켜졌지만, 콜린스에게 그것은 결코 쉬운 일이 아니었다. 그가 돌아오자 오랜 시간 어디에 갔었느냐는 질문이 쏟아졌고 대답을 피하기 위해 약간의 기지를 발휘해야만 했다. 자신의 사랑이 성공했다는 걸 알리고 싶은 마음이 간절한 그로서는 입을 다물기 위해 대단한 자제력이 필요했다.

다음 날 매우 이른 시간에 떠나야 하기 때문에 가족들에게 인사를 할 수 없을 것 같아서 콜린스는 숙녀들이 잠자리에 들기 전 작별 인사의 의식을 치렀다. 베넷 부인은 더없이 공손하고 다정하게 사정이 허락되는 대로 다시 롱본을 방문해 주면 기쁘겠다고 말했다.

"이렇게 다시 초대해 주시다니 정말 감사합니다. 그렇지 않아도 마음속으로 초대해 주시길 기대하고 있었답니다. 가능한 한 빠른 시일 내에 다시 방문드릴 것을 약속드리겠습니다."

모두들 그의 대답에 놀라워했다. 그리고 콜린스가 그렇게 빨리 다시 방문하는 걸 전혀 바라지 않는 베넷 씨가 황망하게 말했다.

"캐서린 영부인께서 허가해 주시지 않을 수도 있지 않겠나? 후견인의 비위를 거스르는 위험을 감수하는 것보다는 친척들에게 무심한 편이 나을 듯싶네만."

"이렇게 세심하게 신경을 써 주시다니 정말 감사합니다. 제가 그렇게 중대한 행동을 영부인의 허락 없이 하지 않을 거라는 점은 믿으셔도 됩니다."

"조심할수록 자네에겐 득이 될 걸세. 영부인의 비위를 거스르는 모험은 하지 말게나. 자네가 우리를 다시 방문하는 일로 인해서 영부인의 노여움을 산다면, 물론 그럴 가능성이 높아 보이네만 조용히 집에 있는 편이 나을 걸세. 우리도 전혀 불쾌하게 생각하지 않을 테니."

"그렇게 저를 생각해 주시다니 감사의 마음이 절로 솟구치네요. 이렇게 자상하게 신경 써 주신 것과 제가 하트퍼드셔에 머무르는 동안 베풀어 주신 친절에 대해 감사하는 편지를 속히 올리겠습니다. 아름다운 사촌들께는 제가 이런 인사를 드릴 정도로 오래 헤어지지는 않겠지만, 모두 건강하고 행복하시길 빌겠습니다. 물론 엘리자베스 사촌을 포함해서요."

숙녀들도 공손하게 예의를 갖춰 인사를 하고 물러갔

다. 그들도 콜린스가 곧 다시 방문할 거라는 말에 놀라기는 마찬가지였다. 베넷 부인은 콜린스가 엘리자베스의 동생 중에서 한 명에게 청혼을 할 작정일 거라고 생각하고 싶었다. 어쩌면 메리가 이미 그의 설득에 넘어갔을지도 모르는 일이라고 내심 기대에 부풀었다.

메리는 다른 딸들보다 콜린스 씨를 높게 평가하고 있었다. 그의 견실한 사고방식에는 종종 그녀의 마음을 울리는 점이 있었다. 물론 콜린스 씨가 자기만큼 똑똑하지는 않지만 자신을 본보기로 삼아 독서를 많이 하고 자신을 향상시키도록 자극을 받는다면 훌륭한 배필이 될 수도 있을 거라고 생각했다.

그러나 이런 그녀의 희망은 다음 날 아침 물거품이 되고 말았다. 아침 식사를 끝낸 지 얼마 지나지 않아 루카스 양이 방문했다. 그녀는 엘리자베스에게 전날 밤에 있었던 일을 털어놓았다. 하루 이틀 전 콜린스가 샬럿을 사랑한다는 착각을 하고 있을지도 모른다는 생각이 엘리자베스의 머리를 스쳐 지나간 적은 있었다. 그러나 샬럿이 그의 구애를 받아들인다는 건 자신이 그의 구애를 받아들이는 것만큼이나 도저히 있을 수 없는 일이었다. 그녀는 너무 놀란 나머지 예의를 차릴 경황도 없이 큰 소리로 말했다.

"콜린스 씨와 결혼하기로 했다니. 샬럿, 그건 말도 안 돼!"

친구에게 전모를 털어놓으며 줄곧 침착함을 유지했던 샬럿은 친구의 노골적인 비난을 듣자 잠시 당황스러운 표정을 감추지 못했다. 그러나 엘리자베스가 그런 반응을 보일 걸 전혀 예상하지 못했던 건 아니었다. 그녀는 곧 평정을 되찾고 차분하게 대답했다.

"왜 그렇게 놀라는 건데, 엘리자? 콜린스 씨가 네게 청혼했다가 성공하지 못했다고 해서 다른 여자의 호감도 사지 못할 거라고 생각하는 거니?"

엘리자베스는 마음을 진정하려고 무진 애를 써 가며 침착하게 콜린스 씨와 결혼하게 된 것이 매우 감사할 만한 일이며 그녀가 행복하기를 진심으로 바란다고 말했다.

"지금 네 기분이 어떤지 알아. 놀라는 게 당연해. 그래, 무척 놀랐을 거야. 콜린스 씨가 네게 청혼한 게 불과 얼마 되지 않은 일이니까. 그렇지만 나중에 차분하게 생각해 보면, 너도 내 결정을 잘한 일이라고 생각하게 될 거야. 너도 알겠지만 나는 낭만적인 여자가 아니야. 예전부터 그랬어. 내게 필요한 건 안락한 가정이야. 콜린스 씨의 성격이나 친척이나 지위를 생각하면 내가 그분과 결혼해서 다른 사람들이 결혼 생활을 시작할 때 꿈꾸는 행복을 누릴 수 있을 거라고 생각해."

엘리자베스가 조용히 대답했다.

"그래, 분명히 그럴 수 있을 거야."

잠시 어색한 침묵이 흐른 뒤 두 친구는 다른 식구들이 있는 곳으로 돌아갔다. 샬럿은 잠시 후에 떠났고, 엘리자베스는 혼자 남아서 샬럿이 했던 말을 곱씹어 보고 있었다. 두 사람이 전혀 어울리지 않는 상대라는 생각을 접기까지에는 꽤 오랜 시간이 걸렸다. 콜린스가 겨우 사흘 동안에 두 여자에게 청혼을 했다는 사실은 그의 청혼을 샬럿이 수락했다는 사실에 비하면 전혀 놀라운 일이 아니었다. 그녀는 평소에 결혼에 대한 샬럿의 생각이 자신의 생각과 똑같지 않다는 건 알고 있었다. 그러나 샬럿이 막상 결혼을 결정하는 순간에 세속적인 유익을 위해 그보다 중요한 모든 감정을 희생할 수 있을 거라고는 생각하지 못했다. 콜린스의 아내가 된 샬럿의 모습은 너무도 굴욕적인 그림이었다. 그녀는 친구가 수치스러운 선택을 해서 자신을 실망시킨 것이 너무 가슴 아팠다. 그러나 그보다 더 고통스러운 건 샬럿이 스스로 선택한 운명을 행복하게 살아 낼 수 없을 거라는 우울한 확신이었다.

23

엘리자베스는 어머니와 자매들과 함께 응접실에 앉아 있었다. 그녀는 샬럿의 일을 곰곰이 생각하며 그 일을 가족들에게 알리는 게 맞는 일인지 고민하는 중이었다. 그때 뜻밖에도 윌리엄 루카스 경이 등장했다. 그는 샬럿의 부탁으로 베넷 일가에게 그녀의 약혼 소식을 직접 알리기 위해 찾아온 것이었다. 그는 두 집안이 결합하게 된 것에 대해 감사하는 인사와 더불어 장황하게 자축하는 말을 늘어놓으며 결혼 소식을 전했다. 베넷 가족은 이 일이 도저히 믿어지지 않았다. 베넷 부인은 심하다 싶을 정도로 끈질기게 루카스 경이 뭔가 잘못 알고 있는 게 틀림없다고 항변했고, 리디아는 평소처럼 경솔하고 버릇없이 나서서 요란을 떨었다.

"맙소사! 윌리엄 경께서는 어떻게 그런 말씀을 하실 수가 있죠? 콜린스 씨가 리지 언니하고 결혼하고 싶어 한다는 거 모르세요?"

궁전의 예법을 익히지 않았더라면 루카스 경은 이런 말을 듣고 분명 화를 냈을 것이다. 그러나 그는 훌륭한 품성을 발휘하여 끝까지 잘 참아 냈다. 그리고 자신의 말이 사실이라는 걸 긍정적으로 생각해 달라고 부탁하며 그들의 무례한 반응을 극도의 인내심과 예의를 갖춰 받아들였다. 엘리자베스는 루카스 경을 곤란한 상황에서 벗어나게 하는 게 자신의 의무라고 생각해서 자기는 샬럿에게 들어서 미리 알고 있었다고 말했다. 그리고 윌리엄 경에게 진심 어린 축하 인사를 건네는 것으로 어머니와 자매들의 소동을 일단락 지었다.

엘리자베스의 축하 인사에 제인도 합세해서 두 사람의 결혼에서 기대할 수 있는 여러 가지 좋은 점을 얘기했다. 그녀는 콜린스 씨의 성품이 훌륭하다는 것과 헌스퍼드와 런던이 왕래하기 편한 가까운 거리에 있다는 점을 강조했다.

베넷 부인은 윌리엄 경이 있는 동안에는 사실상 거의 넋이 나가 있어서 제대로 말을 하지도 못했다. 그러나 윌리엄 경이 떠나자마자 드디어 분통을 터뜨렸다. 그녀는 무엇보다 이 일을 처음부터 끝까지 다 믿을 수 없고, 둘째로 콜린스 씨가 샬럿에게 속아 넘어간 게 틀림없고, 셋째로 두 사람이 결혼하면 절대로 행복할 수 없을 것이며, 넷째로 이 약혼이 분명히 깨질 거라고 주장했다. 그리고 이 일에서 두 가지 결론을 유추해 낼 수 있는데, 하나는 엘리자베스가 이 모든 불행의 화근이라는 점과 다른 하나는 가족들 모두가 자신을 부당하게 대했다는 사실이었다. 그녀는 그날 내내 이 두 가지 사실을 되씹으며 불만을 터뜨렸다. 어떤 말로도 베넷 부인을 진정시키고 위로할 수 없었다. 그날 하루가 다 지나가도록 그녀는 화를 삭이지 못했다. 일주일 동안 엘리자베스가 눈에 띌 때마다 책망하는 말을 잊지 않았고, 윌리엄 경이나 루카스 부인에 대해 무례한 욕설을 마구 내뱉었다. 그녀가 샬럿을 용서하기까지는 몇 달이 걸렸다.

베넷 씨는 이번 사건에 대해 훨씬 더 침착한 반응을 보였다. 그는 오히려 이번 일이 더 잘된 일이라고 생각했다. 그는 꽤나 현명한 줄 알았던 샬럿 루카스가 자기 아내만큼 어리석고 엘리자베스보다 더 어리석다는 걸 알게 되어 흡족하다고 말했다. 제인은 두 사람의 결혼 소식에 놀라기는 했지만, 놀라움보다는 두 사람의 행복을 진심으로 비는 마음을 더 자주 표현했다. 엘리자베스가 두 사람의 결혼 생활이 행복할 리 없다고 말해도 그녀는 좀처럼 그 말에 동의하려 들지 않았다. 키티와 리디아는 콜린스 씨가 그래 봐야 일개 목사에 지나지 않는데 루카스 양을 부러워할 이유가 전혀 없다고 말했다. 그들에게는 이 일이 메리턴에 퍼뜨릴 재미있는 소문 중 하나에 지나지 않았다.

루카스 부인은 딸을 좋은 자리로 시집보내게 된 걸 베넷 부인에게 자랑하면서 그동안 받은 수모를 앙갚음할 기회를 놓칠세라 기세가 등등했다. 그녀는 자신의 행운을 자랑하기 위해 평소보다 더 자주 롱본을 찾아왔다. 그러나 베넷 부인의 심통 난 표정과 악의에 찬 대꾸는 그녀의 즐거운 기분을 망쳐 버리기에 충분했다.

엘리자베스와 샬럿 사이에는 그 문제에 대해 서로 언급을 자제하는 묘한 분위기가 감돌았다. 엘리자베스는 다시는 두 사람 사이에 진정한 신뢰가 회복될 수 없다고 느꼈다. 샬럿에 대한 실망감 때문에 그녀는 언니에게 더 많은 애정과 관심을 쏟았다. 그녀는 언니의 정직하고 착한 성품에 대한 신뢰는 어떤 일이 있어도 절대로 흔들리지 않을 거라고 믿었다. 빙리가 런던에 간 지 일주일이 지났지만 돌아온다는 기별이 없자 엘리자베스는 언니가 점점 더 걱정되기 시작했다. 제인은 캐롤라인의 편지에 곧 답장을 보냈다. 그리고 다시 답장을 받을 때까지 속을 태우며 기다리고 있었다.

콜린스가 약속했던 감사 편지가 화요일에 베넷 씨 앞으로 도착했다. 편지에는 그 집에서 열두 달 정도는 묵었던 사람이 표시할 만한 온갖 정중한 감사의 말이 들어 있었다. 그는 충분한 감사의 말로 자신의 양심을 만족시키고 나서, 상냥한 이웃인 루카스 양의 애정을 얻은 기쁨을 온갖 화려한 미사여구로 표현했다. 그리고 롱본에 다시 와 달라는 친절한 요청에 기꺼이 응한 것은 단지 루카스 양을 다시 만날 즐거움을 기대했기 때문이며, 2주일 후 월요일에 다시 방문할 수 있기를 바란다고 덧붙였다. 또한 캐서린 영부인께서 진심으로 그의 결혼을 승낙하셨고, 가능한 한 빠른 시일 안에 결혼하기를 원하시고 있으며, 사랑스러운 샬럿이 아무런 이의도 제기하지 않고 자신을 세상에서 가장 행복한 남자로 만들어 줄 날짜를 신속하게 정해 줄 것으로 믿는다고 말했다.

콜린스가 다시 하트퍼드셔를 방문할 거라는 사실은 더 이상 베넷 부인에게 기쁜 소식이 아니었다. 오히려 그녀는 남편 못지않게 그의 방문을 불만스러워했다. 콜린스가 루카스 로지에 가지 않고 롱본에 오는 건 이해할 수 없고 불편하고 귀찮기 짝이 없는 일이라고 했다. 그녀는 자신의 건강이 좋지 않을 때 손님을 맞이하는 건 무엇보다 싫은 일이라면서, 더구나 연인들은 가장 눈꼴사나운 사람들이라고 했다. 베넷 부인은 이런 불평을 쉴 새 없이 중얼거렸고 그렇지 않을 때는 빙리 씨가 계속 출타 중이어서 걱정이라며 한숨을 내쉬었다. 제인이나 엘리자베스도 마음이 편하지 않기는 마찬가지였다. 빙리에게서는 아무런 소식도 없었고, 겨울 동안 네더필드에 돌아오지 않을 거란 얘기만 메리턴에 퍼진 가운데 하루하루 시간이 흘러갔다. 베넷 부인은 그런 소문을 듣고 분개하면서도 가당치 않은 헛소문이라고 반박하는 것을 잊지 않았다. 엘리자베스도 점점 걱정이 되기 시작했다. 빙리가 무심하다는 걱정보다는 그의 누이들이 그를 붙잡아 두는 데 성공할지도 모른다는 두려움이 앞섰다. 언니의 행복을 짓밟고 연인의 믿음을 훼방하는 그들의 계략이 성공할 거라고 인정하고 싶지는 않았지만, 문득문득 그런 걱정이 드는 건 어쩔 수 없었다. 야멸찬 두 누이와 고집 센 친구가 연합 작전을 쓰고, 다아시 양이 애정 공세를 피우는 데다, 런던의 즐거운 생활이 그의 마음을 빼앗는다면, 빙리가 아무리 언니에게 강렬한 애정을 품고 있다고 해도 견뎌 낼 재주가 없을 것 같았다.

이런 불안한 상황에서 엘리자베스보다 더 힘들어하는 사람은 당연히 제인이었다. 그러나 제인은 자신의 감정을 드러내고 싶어 하지 않아서 그녀와 엘리자베스 사이에 이 문제는 전혀 거론되지 않았다. 그러나 그녀의 신중한 태도도 어머니를 제지할 수는 없었다. 베넷 부인은 한 시간이 멀다 하고 빙리 씨 얘기를 꺼내면서 그가 빨리 돌아왔으면 좋겠다고 안달이었다. 심지어 빙리 씨에게 빨리 돌아오지 않으면 자신에 대한 모욕으로 받아들이겠다고 얘기하라면서 제인을 몰아세웠다. 그러나 제인은 온화한 성품을 잃지 않고 어머니의 모진 말들을 참아 내며 평정을 유지했다.

콜린스는 정확히 2주일 후 월요일에 롱본을 방문했다. 그는 처음 롱본에 찾아왔을 때만큼 환영을 받지는 못했다. 그러나 다행스럽게도 연애 사업의 행복감에 푹 빠져 있어서 다른 사람들의 관심을 별로 필요로 하지 않았고, 덕분에 함께 상대해야 할 시간도 상당히 줄어들었다. 그는 매일 대부분의 시간을 루카스 로지에서 보냈다. 가끔은 가족들이 잠자리에 들기 직전에 롱본에 돌아와서 집을 비워 죄송하다는 인사를 하기도 했다.

베넷 부인은 극도로 비참한 심경에 빠져 있었다. 그들의 결혼 얘기를 들을 때마다 기분이 엉망이 되었지만, 가는 곳마다 그 얘기를 듣지 않을 수 없었다. 루카스 양을 보는 건 더욱 참기 힘든 일이었다. 샬럿이 자기 집을 상속받게 될 거라는 생각을 할 때마다 질투심과 울화가 끓어올라 미칠 것만 같았다. 그녀는 샬럿이 롱본에 올 때마다 자기 집을 소유하게 될 날을 마음속으로 그려 보고 있을 거라고 생각했다. 그리고 샬럿이 콜린스와 낮은 목소리로 대화를 나누고 있을 때면 틀림없이 롱본 저택 얘기를 하고 있을 거라고 추측했다. 베넷 씨가 죽으면 그날로 자기와 딸들을 이 집에서 쫓아낼 거라고 생각했다. 베넷 부인은 가련한 목소리로 남편에게 하소연했다.

"여보, 아무리 생각해도 샬럿 루카스가 이 집 안주인이 된다는 건 참을 수가 없어요. 내가 그 애한테 쫓겨나고 그 애가 내 집을 차지하는 꼴을 봐야 한다니요."

"여보, 그렇게 우울하게 생각하지 말구려. 내가 당신보다 더 오래 살 수도 있는 것 아니요? 그렇게 위안을 삼읍시다."

그러나 이 말은 베넷 부인에게는 그다지 위안이 되지 못했다. 베넷 부인은 그 말에는 대꾸도 하지 않고 좀 전에 하던 얘기를 이어 갔다.

"그 사람들이 이 재산을 몽땅 차지한다는 생각만 하면 미칠 것 같아요. 한정 상속만 아니라면 아무 걱정 없을 텐데."

"무슨 걱정이 없단 말이요?"

"뭐든 아무것도 걱정할 게 없을 것 같아요."

"그렇다면 아무 걱정도 없는 무감각한 상태에 빠지지 않게 된 걸 다행으로 여깁시다."

"나는 한정 상속 문제에 대해서는 절대 좋게 생각할 수가 없어요. 내 딸들에게서 재산을 빼앗아 가다니 그렇게 양심 없는 법이 어디 있어요. 아무리 생각해도 도저히 이해가 안 돼요. 그것도 다른 사람이 아닌 콜린스 씨가! 왜 그 사람이 가장 많은 재산을 차지해야 하는 거냐구요!"

"그건 당신이 좋을 대로 판단하구려."

〈2권에 계속〉

더스토리 초판본 시리즈 미니북

1 **노인과 바다** | 어니스트 헤밍웨이
1953년 퓰리처상 수상작 / 1954년 노벨 문학상 수상
미국대학위원회 선정 SAT 추천도서

2 **동물 농장** | 조지 오웰
미국대학위원회 선정 SAT 추천도서 / 〈타임〉 선정 현대 100대 영문소설
한국 문인이 선호하는 세계명작소설 100선 / 서울시 교육청 추천도서
논술 및 수능에 출제된 책(1998~2005)

3 **어린 왕자** | 앙투안 드 생텍쥐페리
전 세계 1억 부 이상 판매 기록 / 16개국 언어로 번역

4 **젊은 베르테르의 슬픔** | 요한 볼프강 폰 괴테
세기의 철학가와 문인들의 찬사를 받은 대표작

5 **이방인** | 알베르 카뮈
노벨 연구소 선정 최고의 세계문학 100선 / 1957년 노벨 문학상 수상작
대한민국 명사 101인의 대표 추천작 / 연세대학교 필독도서
미국대학위원회 선정 SAT 추천도서 / 〈타임〉 선정 세상을 움직인 책 100권

6 **위대한 개츠비** | 프랜시스 스콧 피츠제럴드
〈타임〉 선정 현대 100대 영문소설 / 어니스트 헤밍웨이가 인정한 완벽한 일급 작품
20세기 100대 영문소설 1위 / 미국대학위원회 선정 SAT 추천도서

7 **이상한 나라의 앨리스** | 루이스 캐럴
난센스와 판타지의 대표작 / 아카데미 '미술상' 수상한 영화의 원작
19세기 가장 유명한 영국 아동문학 작가

8 **거울나라의 앨리스** | 루이스 캐럴
난센스와 판타지의 대표작 《이상한 나라의 앨리스》 속편
거울 속으로 떠난 앨리스의 두 번째 모험 이야기

9 **데미안** | 헤르만 헤세
1946년 노벨 문학상 수상 작가 / 20세기 일대 센세이션을 일으킨 성장 소설의 고전
서울시 교육청 추천도서

10 **수레바퀴 아래서** | 헤르만 헤세
대한민국 명사 101인의 대표 추천작
헤르만 헤세의 사춘기 시절 경험을 바탕으로 한 자전적 소설
1946년 노벨 문학상 / 국립중앙도서관 선정 청소년 권장도서

11 **싯다르타** | 헤르만 헤세
대한민국 대표 시인 장석남이 강력 추천한 작품
출간과 동시에 10만 부가 넘게 판매된 역작
진정한 자아를 깨닫기 위해 고뇌하던 헤르만 헤세의 자전 소설

12 **크눌프** | 헤르만 헤세
1946년 노벨문학상 수상 작가
8년에 걸쳐 완성된 '젊은 헤세'의 치열한 삶이 엿보이는 작품

13 **청춘은 아름다워** | 헤르만 헤세
1946년 노벨문학상 수상 작가 / 헤르만 헤세가 추억하는 서툰 사랑의 이야기

14 **햄릿** | 윌리엄 셰익스피어
대한민국 명사 101인의 대표 추천작 / 서울대학교 권장도서 100선
서울대학교 동서고전 200선 / 연세대학교 필독도서
미국대학위원회 선정 SAT 추천도서 / 국립중앙도서관 선정 청소년 권장도서

15 **리어 왕** | 윌리엄 셰익스피어
대한민국 명사 101인의 대표 추천작 / 서울대학교 권장도서 100선

16 **맥베스** | 윌리엄 셰익스피어
서울대학교 권장도서 100선 / 연세대학교 필독도서
미국대학위원회 선정 SAT 추천도서 / 국립중앙도서관 선정 청소년 권장도서

17 **오셀로** | 윌리엄 셰익스피어
〈뉴스위크〉 선정 100대 명저 / 서울대학교 권장도서 100선

18 **로미오와 줄리엣** | 윌리엄 셰익스피어
서울대학교 동서고전 200선 / 칼리지보드 선정 고교생 필독서 101권

19 20 21 피터 래빗 이야기 1 ~ 3 | 베아트릭스 포터
세상에서 가장 사랑받는 토끼 이야기 / 자연 보호와 동물 존중 사상이 담긴 작품

22 예언자 | 칼릴 지브란
법정 스님이 마지막까지 머리맡에 남겨둔 책

23 야간 비행 | 앙투안 드 생텍쥐페리
1931년 페미나 문학상 수상 / 작가의 경험이 들어간 직업 소설

24 하늘과 바람과 별과 시(1955년 표지디자인) | 윤동주
요절한 천재 민족 시인의 유고시집 / 대중성과 문학성을 겸비한 시인 김경주 추천작

25 정글북 | 러디어드 키플링
영미권 작품 최초, 최연소 노벨 문학상 수상작 / 정글의 생명력을 담은 자연친화적 작품
작가의 아버지 존 록우드 키플링이 직접 그린 삽화 및 기타 삽화가들 그림 삽입

26 오즈의 마법사 1 – 오즈의 위대한 마법사 | 라이먼 프랭크 바움
미국대학위원회 선정 SAT 추천도서 / 연세대학교 필독도서
국립중앙도서관 선정 우수 번역서

27 오즈의 마법사 2 – 환상의 나라 오즈 | 라이먼 프랭크 바움
미국대학위원회 선정 SAT 추천도서 / 국립중앙도서관 선정 우수 번역서

28 오즈의 마법사 3 – 오즈의 오즈마 공주 | 라이먼 프랭크 바움
미국대학위원회 선정 SAT 추천도서 / 국립중앙도서관 선정 우수 번역서

29 인간 실격 | 다자이 오사무
교육과학기술부 산하 사단법인 한국교육지원회 선정 아침독서 10분 운동 필독서

30 변신(카프카 단편선) | 프란츠 카프카
소외된 인간이었던 작가의 갈등과 고독을 반영 / 서울대학교 추천도서 100선
명사 101명이 추천한 파워클래식

31 자기만의 방 | 버지니아 울프
20세기 페미니즘 비평의 선구자 버지니아 울프의 수필집
국립중앙도서관 선정 권장도서 / 서강대학교 권장도서 100선

32 크리스마스 캐럴 | 찰스 디킨스
셰익스피어와 함께 영국을 대표하는 작가 찰스 디킨스의 중편소설
'책으로 따뜻한 세상 만드는 교사들(책따세)' 권장도서

33 지킬 박사와 하이드 | 로버트 루이스 스티븐슨
2004 한국 문인들이 선호하는 세계명작소설 100선
브로드웨이 뮤지컬 역사상 가장 아름다운 스릴러 〈지킬 앤 하이드〉 원작

34 셜록 홈즈 1 – 주홍색 연구 | 아서 코난 도일
영국 BBC 제작, KBS 방영 〈셜록 홈즈〉의 원작
대한민국 대표 추리 소설가 백휴의 작품 해설 수록

35 셜록 홈즈 2 – 네 개의 서명 | 아서 코난 도일
영국 BBC 제작, KBS 방영 〈셜록 홈즈〉의 원작
대한민국 대표 추리 소설가 백휴의 작품 해설 수록

36 셜록 홈즈 3 – 배스커빌 가의 개 | 아서 코난 도일
영국 BBC 제작, KBS 방영 〈셜록 홈즈〉의 원작
대한민국 대표 추리 소설가 백휴의 작품 해설 수록

37 셜록 홈즈 4 – 공포의 계곡 | 아서 코난 도일
영국 BBC 제작, KBS 방영 〈셜록 홈즈〉의 원작
대한민국 대표 추리 소설가 백휴의 작품 해설 수록

38 피노키오 | 카를로 콜로디
월트 디즈니 인생 최고의 애니메이션으로 재탄생 / 260개 언어로 번역된 교훈적 내용
스티븐 스필버그 감독의 2001년작 〈A.I.〉의 모티브

39 40 41 오만과 편견 1 ~ 3 | 제인 오스틴
서울대학교 동서고전 200선 / 연세대학교 필독도서 / 세인트존스대학교 권장도서
〈텔레그라프〉 완벽한 도서관을 위한 권장도서 100 / 〈가디언〉 권장도서
미국대학위원회 선정 SAT 추천도서 / 국립중앙도서관 선정 청소년 권장도서

42 키다리 아저씨 | 진 웹스터
출간 이래 100년 동안 사랑받아 온 스테디셀러
세상의 편견을 뛰어넘은 편지 형식 소설의 대명사

43 44 그리스인 조르바 1 ~ 2 | 니코스 카잔차키스
미국대학위원회 선정 SAT 추천도서 / 한국간행물윤리위원회 선정 권장도서
한국출판인회의 출판인이 선정한 100권의 도서

---

45 46 월든 1 ~ 2 | 헨리 데이비드소로
미국대학위원회 고교추천도서 101 / 미국대학위원회 선정 SAT 추천도서

47 48 1984 1 ~ 2 | 조지 오웰
〈타임〉 선정 세상을 움직인 책 100권 / 세계 3대 디스토피아 미래 소설
〈가디언〉 권장도서 / 〈텔레그라프〉 완벽한 도서관을 위한 권장 도서 100
뉴욕 공립도서관 추천도서 / 하버드 대학생이 가장 많이 산 책 1위

49 50 오페라의 유령 1 ~ 2 | 가스통 르루
대한민국 명사 101인의 대표 추천작 / 서울대학교 권장도서 100선
연세대학교 필독도서 / 미국대학위원회 선정 SAT 추천도서 / 〈가디언〉 권장도서

• 더스토리 초판본 미니북 시리즈는 계속 출간될 예정입니다.

옮긴이 **김유미**

서강대학교 영어영문학과를 졸업하고 '글밥 아카데미'를 수료했다. 현재 바른 번역 소속 번역가로 일하고 있다. 번역서로 《행복한 라디오》《프로작네이션》《위대한 몽상가》 등이 있다.

오만과 편견 1 : 1894년 초판본 표지디자인

초판 1쇄 펴낸 날 2023년 10월 10일
초판 2쇄 펴낸 날 2024년 9월 20일

지은이 제인 오스틴
옮긴이 김유미
펴낸이 장영재
펴낸곳 (주)미르북컴퍼니
자회사 더스토리
전 화 02)3141-4421
팩 스 0505-333-4428
등 록 2012년 3월 16일(제 313-2012-81호)
주 소 서울시 마포구 성미산로32길 12, 2층 (우 03983)
E-mail sanhonjinju@naver.com
카 페 cafe.naver.com/mirbookcompany
S N S instagram.com/mirbooks